編舟記

三浦紫苑——著

編輯室報告：

每年四月，日本出版業會舉辦年度盛事「本屋大賞」。超過千名日本全國書店店員經過兩輪投票、撰寫心得，慎重選出當年自己心中最想介紹給讀者的第一名。2012 年，這個獎頒給了這本描寫辭典編輯部的故事：《編舟記》。本書作者三浦紫苑，先前已多居入圍該獎項，叫好又叫座的《哪啊哪啊神去村》、《強風吹拂》以及《我所說的他》。此外，她也曾以《真幌站前多田便利屋》拿下直木獎，早已是廣獲讀者喜愛的說故事女王。

不過，這本《編舟記》顯然不同，不但受到書店店員青睞，更榮獲了當年各大媒體選書，改編電影及動畫都大受好評，松田龍平更以演出此劇主角獲得電影大獎。這本書的出色，在於三浦紫苑發揮她擅長的職人小說手法，深入「辭典編輯」此一領域，將外人乍看沉悶的職業變得熱血，帶來有笑有淚的閱讀感動。

三浦紫苑之所以動念把辭典編輯職人寫入小說，是因為她注意到不同辭典的【戀愛】一詞，解釋各不相同。其中日本的《新明解國語辭典》第五版是這樣說的：

指與特定異性之間的特別情感。讓人心情亢奮，希望兩人單獨相處，分享彼此的內心世界，可能的話也包含身體上的結合。但因為無法經常實現，讓人悶悶不樂；期望實現時，又會讓人處於欣喜若狂的興奮狀態。

看到這個在網路上引發熱議的解釋，那一刻，三浦紫苑萌生了撰寫《編舟記》的念頭，因此小說的核心不僅是職人的追求，還有這個很萌的戀愛解釋所帶來的文字與普通人生活的關聯：蒐集文字來編纂辭典的職人，以及在生活中苦於表達愛意的人，都需要一艘文字方舟，以便橫渡浩瀚的文字大海，達成心願。

新經典在繁體中文版出版十週年之際，與作者三浦紫苑討論決定更改之前譯為《啟航吧！編舟計畫》的書名，以新書名、新包裝，回到故事對珍惜文字生命的詮釋：「文字是心意的傳達」，呼應三浦紫苑的創作初衷，也回歸編輯在文字大海中戮力編出大舟的用心。同時追加收錄三浦紫苑後來撰寫的馬締光也告白情書全文。

再一次，讓我們與書中的女主角香具矢一起，看著這群辭典編輯職人將半生心力奉獻給豐饒的文字大海，愛護他們，以珍惜的心情閱讀本書吧。

目次 contents

第一章

荒木公平這個人，說「一生」似乎誇張了點，但說他「工作生涯的一生」全獻給了辭典，倒是一點也不為過。

荒木從小就很喜歡文字。

例如「犬」這個字。明明是人，卻稱之為「小犬」。要是現在這樣講，一定會被公司裡的女同事嘲笑：「荒木先生，不要用這種老掉牙的說法好嗎？」雖然第一次聽到時自己的年紀還很小，但像這樣拆解文字、理解其中的奧妙，對荒木來說就像發現新大陸一樣欣喜若狂。

犬，就是「狗」，但有時候又不只指狗。

荒木小時候和父親一起去看電影。大銀幕上，黑道小混混被兄弟出賣，臨死前滿身鮮血地怒喊：「你這傢伙居然是警察的走狗！」看到這裡的荒木懂了，原來狗也用來形容敵對陣營派來當間諜的人。

得知手下命在旦夕時，黑道大哥激動地站了起來，大喊：「你們還在發什麼呆！還不抄傢伙，豈能讓他像狗一樣橫屍街頭！」

荒木這又了解到，狗還隱含著「沒價值」的意思。

以動物來說，犬（狗）是人類最忠實的夥伴，值得信賴、聰明又惹人憐愛。但也可引申為受人豢養、助主人為惡的內賊，或不受重視、沒存在價值的角色，真是神奇。犬

（狗）被稱為最忠實的動物，這樣的忠心卻衍生出卑微低賤的意思。越是對人忠實不求回報，越發凸顯得不到回報的悲憐；或許「犬（狗）」字的負面意義，是由此而來。

荒木經常獨自一人在腦袋裡享受這樣的文字演繹。不過，知道有「辭典」這東西，對他來說倒是很後來的事。荒木的叔叔為了慶祝他升上國中，送了一本《岩波國語辭典》當禮物，這是荒木的第一本辭典。

收到第一本屬於自己的辭典時，荒木簡直對它著了迷。

荒木家經營雜貨店，父母因為進貨和看管店面十分忙碌，所以在管教兒子這件事情上，只抱著「不要給別人添麻煩，健康快樂長大就好」的態度。別說特地買辭典給兒子了，就連「要好好用功讀書喔！」這樣的話都沒講過。其實不只荒木家這樣，當時大部分父母都是如此。

荒木小學的時候，比起念書，更愛放學後和同學在外面玩，這樣的他當然不會注意到教室裡的那一本公用國語辭典。雖然偶爾會瞄到書背，但不過是單純地把它當成裝飾品罷了。

真的擁有一本辭典的樂趣，又該怎麼形容呢？閃閃發亮的封面、每一頁印滿了排列整齊的詞語、薄順的紙張觸感……全讓他愛不釋手。尤其是那些清楚扼要說明每個詞彙的釋義，更擄獲了荒木的心。

某天晚上荒木和弟弟在客廳嬉鬧，被父親斥責：「小聲一點！」這句話勾起了他的好奇心，馬上翻開《岩波國語辭典》查閱了「聲」。

【聲】①人或動物使用喉嚨處的特殊器官發出的聲音。②以類似喉嚨的特殊器官發出的聲音。③季節、時期等接近的氛圍。

「聲」之下的例子：發聲、蟲聲等還算一看就懂，但「秋之聲」、「年近四十的心聲」，就無法讓人立刻有具體的聯想。

「聲」的確有「季節、時期等接近的氛圍」的意思，荒木再次讀著辭典裡的釋義。這跟「犬」擁有許多意思一樣。讀著釋義，荒木察覺到日常生活中使用的詞語，原來有著既廣且深的意涵。

但是，「喉嚨處的特殊器官」的說明讓人忍不住遐想。父親的斥責已經被拋到腦後，吵著要他一起玩的弟弟也被晾在一邊，荒木自顧自地翻著辭典。

【特殊】①不同於「一般」、具有獨特性的事物。②〔哲學〕與「普遍」相反的個別狀況及事物。

【器官】生物體的構成部分，具有固定的形態，維持特定的生理機能。

讓人似懂非懂的解釋。

荒木多少能猜到「喉嚨處的特殊器官」是指聲帶。但不知道喉嚨裡有聲帶的人，翻開《岩波國語辭典》看到「喉嚨處的特殊器官」，應該會對這謎樣的器官摸不著頭緒吧！

荒木知道了辭典並非萬能，不但沒有因而失望，反而陷得更深。即使沒辦法精準傳達出意思，但釋義的遣詞用字透露出辭典工作者努力說明的用心，這實在太棒了。正因為不是絕對完美，才更讓人感受到幕後工作者的熱忱。

一眼看去，辭典裡似乎只有無機物質般的文字羅列，然而，這些大量的詞彙、釋義及例句，全是幕後人員絞盡腦汁才完成的——這是何等的毅力，何等的執著啊！

每次零用錢存到一筆數目，荒木總是立即衝到舊書店挖寶，因為辭典只要一有新版本，就會有人賣掉手邊的舊版本。荒木蒐集了一本又一本各家出版社發行的辭典，對照比較每一本的差異。有些辭典被翻到封面破舊或撕裂了，有些內頁還有前人的筆記，或標記著紅線。老舊的辭典裡，刻畫著編者和使用者與詞彙「纏鬥」的痕跡。

為了加入編辭典的行列，我要成為國語文學者或語言學家——高二那年夏天，荒木懇求父親讓他念大學。

「什麼，語文系？那是什麼？你已經會說國語了啊，幹嘛還要上大學念那個？」

「不是你想的那樣啦！」

「光想這些，也不幫忙顧一下店，你媽最近腰痛越來越嚴重了！」

結果，多虧了送他《岩波國語辭典》的叔叔，出面說服無法溝通的父親。

「別這樣嘛，哥。」

幾年才會回老家雜貨店一趟的叔叔，一派從容地介入「調停」。叔叔是捕鯨船船員，長年待在海上的歲月讓他體會到辭典的三昧，在親戚眼中是個怪人。

「小公是個很聰明的孩子，就讓他去念大學吧！」

後來荒木全心全意準備入學考試，順利升上大學。遺憾的是，大學四年讓荒木體認到自己不是當學者的料，但沒有澆熄他對編辭典的熱情。大四那年小學館出版了《日本國語大辭典》，讓他更堅定了這個夢想。

那是一套共二十冊的大部頭辭典。耗費十餘年歲月編纂，收錄約四十五萬則條目，據說參與製作者多達三千人。

我這個窮學生根本買不起——情緒激動的荒木仔細端詳著大學圖書館裡一字排開的《日本國語大辭典》。這部由眾多人投注熱情和時間完成的辭典，靜靜地立在滿布灰塵的圖書館書架上，像是浮在夜空的月亮，散發出澄澈的光芒。

既然我當不上名列辭典封面的學者，說不定可以試試看另一條路——編輯，協助製作辭典。無論如何我都想編辭典，耗盡我所有熱情和時間也在所不惜的，就是辭典。

荒木以此為目標積極找工作，最後進入大型綜合出版社玄武書房。

「從那以後，我就一路編辭典到現在，轉眼已過了三十七年。」

「咦？已經這麼久了啊！」

「是啊，第一次和老師見面，已經是三十幾年前的事了，當時您的頭頂可是茂盛得很。」

荒木看著坐在對面的松本老師，松本老師放下用來寫「用例採集卡」的鉛筆，像鶴一樣瘦長的身形笑起來時微微顫抖著。

「荒木，你的頭頂不也平添了不少『霜白』嗎？」

蕎麥麵正好端上桌，中午時段的店內坐滿了上班族，荒木和松本老師一言不發默默地低頭吸著麵條。松本老師用餐時，依然仔細聽著店裡電視的聲音，一聽到不常見的單字或奇特的用法，立即動手寫在用例採集卡上。荒木和平常一樣，總是留意著松本老師的手。深怕老師太專注於用例採集卡，錯把鉛筆當筷子來夾麵，或用筷子寫字。

吃完蕎麥麵，兩人喝著冰麥茶歇息片刻。

「老師的第一本啟蒙辭典是哪一本呢？」

「大槻文彥的《言海》，祖父留給我的。當我知道這本辭典是由大槻先生一個人費盡辛苦，獨力編纂而成時，我幼小的心靈可是感動萬分。」

「感動之餘，您也偷偷查了情色相關的詞彙吧？」

「沒有！我才不做那種事。」

「是嗎？我剛才說，我的第一本辭典是國中收到的《岩波國語辭典》，其實啊，當時有關情色的詞都被我翻遍了。」

「不過，那是一本極正派、高雅的辭典，你應該很失望吧？」

「沒錯。我記得我忍不住想查『老二』這個詞，但釋義裡只寫著『排行第二』……老師想必也查過吧？」

「呵呵呵。」

午休時間即將結束，店裡不知何時只剩下三三兩兩的客人，蕎麥麵店的老闆娘為客人添加麥茶。

「我和老師一起工作了這麼久，還是第一次聊到對辭典的回憶。」

「我們編了不少辭典，每做出一本，立即又被增訂及改版工作追著跑，連悠閒聊個天的時間都沒有。《玄武現代語辭典》、《玄武學習國語辭典》、《字玄》，每一本都有聊不完的回憶。」

「無法協助老師完成最後一本辭典，真的很抱歉。」

荒木雙手輕放在桌上，深深地低頭致歉。正把用例採集卡束起來的松本老師難掩失落，難得稍稍拱背、放鬆直挺挺的身子。

「你真的不能晚一點退休嗎？」

「榮辱升沉，我已經無心戀棧。」

「約聘的也沒關係。」

「如果狀況允許，我會盡量抽空到編輯部……但內人的情況實在不怎麼穩定，一直以來我幾乎都把時間花在辭典上，至少退休之後，我希望能多陪陪她。」

「這樣啊！」松本老師不由得低下頭，強忍著失望，刻意表現出開朗態度，以理解的口氣說：「嗯，這樣想也對，今後輪到你扶持太太了。」

讓老師失去動力的編輯，真是失職。荒木抬起頭，試著鼓勵松本老師。

「老師您別擔心，我退休前一定會找到年輕有為的人才，接替我主掌辭典編輯部，並全力協助老師，推動我們規畫的新辭典。」

「辭典的編輯作業和其他書籍出版品或雜誌都不同，是非常特別的領域。他得很有耐心，應付小細節時不會厭煩；他得能夠沉浸於文字世界，又不能太耽溺；更重要的是得有寬闊的視野。我懷疑現在還有沒有這樣的年輕人。」

「一定有的。如果全公司上下五百多名員工都沒有適合的人選，我也會跟同業挖角。老師，請您繼續待在玄武書房協助我們吧！」

松本老師點點頭，平靜地說：

「我能和你一起編辭典，真的很幸運。不論你再怎麼努力找，今生再也找不到跟你一樣優秀的編輯了。」

荒木聽了不由得哽咽，激動地抿緊嘴唇。和松本老師一起埋首書堆和校稿的三十幾年歲月，宛如一場美麗的夢境。

「真的很謝謝您，老師。」

新辭典的計畫才進行到一半就不得不離開公司，心中滿是遺憾，辭典可說是荒木的全部。

但同時，荒木內心也升起了迫在眉睫的使命感。雖然只有一瞬間，但荒木在松本老師的臉上看到落寞，以及對未來的不安。

我身為辭典編輯部的一份子，應該要完成期盼已久的新辭典編纂作業，沒想到卻事與願違。我必須找到一位和我一樣，不，要比我更熱愛辭典的人來接手才行。為了老師，為了使用語文和學習語文的人，更為了深富存在價值的辭典，我必須完成這件最後的大事。荒木意志堅定地回到公司。

荒木一踏進公司便立即展開行動，到各編輯部探問：「你們有適合的人才嗎？」但結果並不順利。

「哼，不管哪個部門，大家都只顧自己眼前的利益。」

或許是景氣變差的關係，每個部門的氣氛都很緊張。如果是有廣告收益的雜誌部，或沒有採訪成本的圖書部，會讓許多人爭相進入。但一聽到是辭典編輯部，大家的回答全是沒有可以轉調的人手。

「辭典給人莊重的好印象，銷售又不受景氣影響，為什麼大家都沒有遠大的志向和展望未來的氣魄？」

「這是沒辦法的事啊！」從書架中探出頭來的西岡忍不住回應了荒木的自言自語。「因為製作一本辭典要耗費巨大的資金和龐大的時間。不論哪個時代，人們總是往能立即賺到錢的方向撲過去啊！」

西岡說的一點也沒錯。玄武書房的辭典編輯部，在不景氣的影響下，不但預算和人員遭刪減，連新辭典的企畫案也遲遲無法通過。

荒木翻閱著桌上常備的《廣辭苑》和《大辭林》，一邊查閱「巨大」和「龐大」的差異和例句，一邊回應西岡：

「你還在那邊說風涼話，就是因為你不用心，我的壓力才這麼大啊！」

「您說得是，對不起！」

「你真的不適合編辭典，『行動力強』只有在拿稿子時才看得出來。」

「這樣說就不對了喔！」西岡坐在有輪子的辦公椅上，蹬一下地板滑到荒木旁邊。「我可是運用了我的行動力，蒐集到街頭巷尾各種有力的情報唷！」

「什麼意思？」

「我打聽到編辭典的人才了。」

「在哪裡？」

西岡看著荒木從椅子上跳起來、一副迫不及待的模樣，笑了出來。明明在沒什麼人的辦公室裡，他卻故意壓低聲音：

「第一業務部，二十七歲。」

「你這混蛋！」荒木敲了西岡的頭：「那不就和你同期進公司的嗎？幹嘛不早點說！」

「會痛吶，」西岡一手摸著頭頂，連椅帶人滑回自己的桌子邊：「跟我不同期啦，因為還念了研究所，進公司才三年。」

「第一業務部啊……」

「白天應該去書店跑業務，現在去也不在——」

西岡還沒說完，荒木早已衝了出去。

辭典編輯部位於玄武書房別館的二樓，別館是木造的古老建築，天花板很高，地板已經變成深麥芽糖色，荒木的鞋子在幽暗的走廊上發出軋軋聲。

走到一樓，荒木推開對開式大門踏出別館，初夏的陽光映入眼裡，八樓高的本館豎立在綠樹點綴的視野中。無暇在樹蔭下享受片刻涼意，荒木毫不猶豫地往本館入口跑過去。

踏入一樓內側的第一業務部時，荒木突然想起了一件事：真糟糕，這麼重要的接班人，竟然忘了問對方的名字，連是男是女都不知道，我真是興奮過頭了。

荒木在門口調整好呼吸，故作鎮定地往室內望去，幸好業務部沒有全員外出，還有六、七名同事坐在辦公桌前，有些人盯著電腦，有些人接著電話。研究所畢業、公司資歷第三年的二十七歲員工，會是哪一位呢？偏不巧，幾乎每位同事看起來都像三十來歲，難以分辨。

第一業務部怎麼會這樣呢？照理說年輕的員工這時候應該在外勤奮跑書店才對。當然，我要找的人希望是例外。

荒木內心嘀咕著，一名離門口最近的女同事好奇地上前詢問。

「請問您要找人嗎？」

她把荒木引導到入口處，似乎以為荒木是沒透過訪客櫃台就直接闖進來的外來客。這也難怪，三十七年來幾乎只待在別館的辭典編輯部，就算是老員工也不見得認得荒木。

「啊，不……」

荒木很想立即表明來意，卻不知如何開口，忽然視線被室內角落的一名男同事吸引。

這個男子背對著荒木，站在靠牆的置物架前，身材高瘦，頭髮蓬鬆如開花，實在沒有跑業務的氣勢。身上沒有西裝外套，捲起白襯衫的袖子，正在整理架上的備用物品。

男子將裝了備用物品、大小不一的盒子從架子一邊換到另一邊，再把架上的物品整齊排列，就像把複雜的拼圖一片片迅速拼入正確的位置，手法俐落簡潔。

啊！荒木看著這一幕，硬是吞下就要脫口而出的歡呼。那不就是編辭典所需要的重要才能嗎？

後期的辭典編輯作業，幾乎所有頁數都已確定，為了不影響裝訂和價格，不允許再更改頁數，編輯必須在有限的時間內迅速判斷如何把內容收進規定的頁數中。可能要含淚捨棄例句、或俐落地修短釋義，務必要一毫不差地落在每一頁。眼前的男子整理著置物架的技巧，這種精確的拼圖能力，正是編輯需要的。

就是他！辭典編輯部下一任最完美的接班人。

「請問……」荒木克制心中的興奮，指著男子，向站在一旁的女同事問道：「他是個什麼樣的人？」

「『什麼樣』是指？」

女同事語氣中帶有防備的意味。

「喔，我是辭典編輯部的荒木。」荒木報上自己的名字：「請問，他是不是今年二十七歲，研究所畢業，今年是入社第三年？」

「應該沒錯，你可以直接問他啊，他叫『馬締』。」

原來綽號是認真[1]先生啊，荒木逕自滿意地點了點頭，太好了！因為編辭典這種一成不變的工作，不認真的人終究無法勝任。

女同事對著再三確認架上整齊狀況的男子大喊：

「馬締先生，有客人找你。」

我不是說了我是辭典編輯部的人，怎麼是客人呢！真是搞不清楚狀況啊！

1「馬締」和「認真」的日文發音相同，皆為まじめ（majime）。

雖然有點生氣，荒木念頭一轉：「她所謂的『客人』或許只是純粹的『拜訪者』，沒有『外面的人』的意思。」安撫了心裡的不悅。

相較之下，這位男子被喚作「認真先生」才令人好奇呢！他到底有多認真，才得到「認真先生」的封號呢？這裡既不是一下課學生立刻奔向夕陽的校園，也不是經常穿著牛仔褲上班的警察署刑事課，這裡可是每個人都埋頭苦幹的出版社，但卻有人被取了「認真先生」的綽號，可見這個人的認真程度是超乎想像的吧！

絕對不能放過這樣的人才！荒木更加目不轉睛地打量眼前的男子。

被女同事一叫，男子回過頭來，戴著銀框眼鏡。「他明明戴著眼鏡，綽號卻不是『眼鏡男』而是『認真先生』。」荒木再次在內心演著獨角戲，同時，手腳瘦長的男人搖擺著長長的身體，慢慢走近。

「您好，我是馬締。」

不、不會吧，連本人都直接自誇認真？

荒木幾乎驚嚇地倒退三尺，只能強作鎮定。原本一心想要挖角這男子的念頭，正急速萎縮中。

他竟然可以把綽號當成名字介紹自己，還真敢講啊，他心裡的某個角落一定瞧不起認真這種態度吧！怎麼會有人瞧不起認真呢？再怎麼樣，我都不能將編辭典這麼重要的事交給這種人。

荒木無言地直瞪著眼前的男子，對方露出困惑的表情，他將又毛又膨的頭髮往後撥，突然想起了什麼似的，從襯衫口袋裡拿出名片夾，說：「請多指教。」男人微彎著腰，雙手遞上名片。一連串的動作緩慢且笨拙。

連對方是誰都不知道，就隨便遞出名片，何況我是同公司的人耶！荒木忍住失望和憤怒，視線落在男人手上，長長的手指前端指甲呈圓弧狀，修剪得整齊乾淨，手上的名片寫著：

株式會社玄武書房　第一業務部

馬締　光也

「馬締……光也……」

「是的，我叫馬締。」馬締微笑著說：「讓您誤會了吧？」

「不，我才抱歉。」荒木急忙從褲子後面的口袋掏出自己的名片：「我是辭典編輯部的荒木。」

馬締恭敬地看著接過來的名片，透過銀框眼鏡，可以看到他清澈沉穩的眼神。白襯衫的款式看起來有點退流行，對外在打扮似乎不是太講究，但肌肉緊實，透露出年輕的氣息，可以把之後的幾十年人生都貢獻給辭典。

荒木當然沒有讓突然閃現的微小嫉妒感顯露出來。

「馬締真是很罕見的姓，請問你是哪裡人？」

「我在東京出生，但是父母的故鄉是和歌山。江戶時代的人和馬休息處，據說也稱為『馬締』。」

「幫旅人照料馬，把馬繫在休息的地方，是吧？」

荒木摸摸全身上下的口袋，發現沒有帶筆記本，只好在剛才收下的馬締名片背後迅速地記下。

馬締：人和馬休息處的別稱。《廣辭苑》和《大辭林》中確實沒見過，要再查查《日本國語大辭典》。

雖然不像松本老師那麼勤奮，但聽到新用語立即記錄下來，已經成為荒木的習慣，之後再去查閱編輯部的用例採集卡。如果沒有相關紀錄，就要製作新的卡片，並且（最好能找到這個詞最早出現的文獻）註明出處。

編輯部裡累積了數量龐大的用例採集卡，編辭典時，這些卡片會被拿出來一再討論，決定要收錄哪些詞彙。雖然最近資料已經電子化，但這些用例採集卡對辭典編輯部來說，依舊如同心臟般重要。以前還可以在辦公室抽菸的年代，只有存放卡片的資料室是嚴格禁菸。

看見荒木突然在名片背面做筆記，馬締完全不訝異，也沒有覺得不高興。

「的確有不少人問過我名字的由來，但您是第一個寫下來的人。」

馬締依然一派從容的模樣，覺得新奇地望著荒木的手。

對了，我怎麼看到罕見的名字就被吸引住，一下子忘了是來挖角的呢？荒木清了一下喉嚨，將名片和筆收入胸前口袋裡。

「如果要你說明『右』，你會怎麼回答？」

馬締微微地點了點頭。

「是方向的『右』，還是思想上的『右』？」

「前者。」

「我想一下。」

馬締歪頭思考的角度越傾越斜，頭髮也跟著搖晃起來。

「如果以『拿筆或筷子的那隻手』來說明，就是無視左撇子的存在；如果用『心臟所在的另一邊』來形容，好像也有人的心臟是偏右的？或許用『身體面向北方時，東方即是右邊』來說明是最保險的吧！」

「嗯，那麼，你會怎麼說明『しま』[2]？」

「是指『線條』嗎？『島』嗎？還是地名的『志摩』？或是『邪』、『逆』的意思？又或者，是表示臆測的『揣摩』？佛教用語的『四魔』……」

馬締一個接一個說出與「しま」同音的單字，荒木急忙打斷他。

「我是指『島』。」

「是。那就是『周圍被水包圍的陸地』吧？不對，這樣說明還不夠。像江之島的一部分和陸地相連，我們也叫島，這樣的話，我想想……」

馬締繼續歪著頭喃喃自語，似乎已忘了眼前的荒木，沉浸在定義文字的世界裡。

「我這麼說好了：『被水包圍或被水阻隔、面積比較小的陸地』。啊，這樣好像也不夠明確，似乎漏掉了『獨立』的意思。加上『和周圍地區分離的土地』，你覺得如何？」

這回答真是太了不起了，荒木對於立即能將「島」的字義具體說明的馬締非常佩服。以前曾經問過西岡相同的問題，答案卻糟透了。西岡聽到「しま」，只聯想到「島」這個字，而且還回答：「就是浮在海中央的東西啊！」荒木聽了哭笑不得，怒罵：「混蛋！這樣的話，水草、鯨魚的背和溺死的浮屍也是『島』？」西岡陪笑臉想混過去，說：

「對喔，說得也是，好難喔！那該怎麼說明才好呢？」

一臉認真歪著頭思索的馬締忽然向書架走了幾步。

「我來翻一下辭典好了。」

「不用了，不用了。」荒木拉住馬締的手阻止他，語帶誠懇望著馬締說：「馬締，我希望你能為《大渡海》貢獻能力！」

「〈大都會[3]〉嗎？我知道了。」

馬締點點頭，但下一瞬間——

「啊～啊～♪」

他突然發出殺雞般的歌聲。第一業務部所有人的視線全都聚集過來，荒木也驚愕地說不出話，只見馬締努力唱著「無～止～盡～啊～」。下一秒，荒木反應過來了，原來他在唱Crystal King[4]的〈大都會〉，還真是五音不全啊！他急忙把馬締拉到走廊上。

「馬締，馬締，很抱歉，不是這樣的。」

「不是這樣唱嗎？」馬締停止了歌聲，帶著些許自責的表情：「最近的歌我完全不

2 日文發音為shima，以下皆為同音字。

3 大渡海和大都會日文發音相同：だいとかい（daitokai）。

4 七〇年代日本成立的搖滾樂團，一九七九年的出道曲〈大都會〉在日本賣破一百五十萬張。

熟，真抱歉。」

究竟為什麼馬締會誤認為我要他唱歌啊？雖然無法理解馬締的腦袋是怎麼運轉的，荒木決定還是先說明清楚來意。

「《大渡海》是我們要編製的新辭典，有『橫渡海洋』之意。我希望把編纂工作交給你負責。」

「辭典……嗎？」

馬締張大眼睛和嘴巴，整個人呆立不動。「鴿子吞進去豌豆子彈的表情」應該就是馬締現在這張臉吧！荒木同時想到別的事，「對了，前幾天在書裡讀到，在文樂中大夫依序坐在地上彈奏《義太夫》[5]時，坐在最後的一位俗稱『豆食』，似乎是因為嘴巴動個不停，像吃豆子時一樣，辭典裡有這個詞嗎？我得趕緊查查，並確定是否要收入《大渡海》裡才行。」這就是辭典編輯者的腦中劇場。

其他同事以訝異的表情看著站立不動、沉浸在各自想像裡的荒木和馬締，全都交頭接耳地指指點點起來。

過了一會兒馬締終於回過神來。

「但是，啊，對不起，我一點半要去澀谷的書店拜訪。」

「啊，是嗎？」

時鐘的針指著一點十五分，怎麼看都來不及，真的趕得到嗎？荒木心裡納悶。馬締也看著手錶，擺動著他那過長的手腳，跑到辦公室座位旁，從椅子上抓了西裝外套和黑色公事包。

「真的很抱歉。」

馬締對著還在走廊上的荒木點頭致意，頂著一頭更加蓬亂的頭髮，往大門跑去。在荒木的眼裡，他有兩次幾乎要絆倒。

荒木心裡盤算著，他能否勝任這工作的各個面向呢？馬締似乎只是以為「我是來拜託他今天到辭典編輯部幫忙」的樣子。

為什麼會造成這樣的誤解，我實在沒有頭緒。

荒木搖搖頭，為了和業務部高層商量人員調動之事，走進了本館的電梯。

荒木拿出絕不放棄的毅力和決心，費盡千辛萬苦交涉，公司高層總算通過了《大渡海》編纂提案。同時馬締也抱著裝有文具等物品的小紙箱，調到了辭典編輯部。離荒木退休的日子只剩兩個月。

5 文樂是一種發源於大阪的傳統藝術，又稱木偶淨琉璃，由「大夫」（說故事者）操縱木偶來講述故事，輔以三味線樂器伴奏。《義太夫》是曲式之一。

雖然時間緊迫，總算趕上了。看到馬締現身在辭典編輯部門口，荒木鬆了一口氣。讓馬締調換部門這件事，完全不費吹灰之力，業務部長甚至面露喜色。「馬締？啊，對，好像有這個人。什麼？荒木，你願意收留他喔？」執行董事的反應則是：「到底是哪一位啊？」

荒木回想在第一業務部發生的事，總算明白了。荒木明明很正經地邀請馬締，但馬締完全在狀況外，或許是因為他壓根沒料到竟然會被認可吧！況且，馬締不是高層心目中具戰鬥力的業務部成員，要不是我指名要他，恐怕連直屬上司都對他沒印象。

荒木同時察覺到為什麼馬締在業務部的評價會這麼低，因為馬締實在是少根筋，正常的上班族是不會突然在公司高唱〈大都會〉的。

但這些都不是馬締的問題，而是公司對於適才適任這一點，實在過於草率；在人事安排上，完全沒做到人盡其才的基本原則。

從與荒木的對應來看，馬締對詞彙是很敏銳的。雖然把自己所知道的都搬出來回答，有點不分輕重、不知變通，但這正是辭典編輯必須具備的重要才能。

荒木以眼神示意，西岡立刻起身迎接馬締。

「歡迎來到辭典編輯部！」接過紙箱，為馬締帶路。「因為人手不多，有好幾張桌子空著，坐這裡好嗎？」

馬締看著周圍滿是書架的編輯部，似乎有點不安地走到西岡旁邊的座位，順勢回了一聲「好」，點頭致意。

「馬締，你有女朋友嗎？」

西岡認為只要和對方聊聊感情的事，就能立即化解尷尬而熟識起來。荒木只是靜靜地坐在後面的辦公桌前，觀察著馬締的反應。

「沒有。」

「是喔，那來聯誼吧！我來約，把手機號碼和電子信箱給我。」

「我沒有手機，業務部的公用手機已經還給公司了。」

「竟然沒有手機！」西岡一臉彷彿看到木乃伊走進來的驚訝神情：「難道你不想交女朋友嗎？」

「怎麼說呢，我沒想過是否想要女朋友或手機。」

西岡發出求助的眼神，荒木忍住笑意，保持應有的威嚴，拿回話題主導權。

「馬締，我們今天為你舉辦歡迎會，預約了六點在『七寶園』，你準備一下。西岡，你去叫佐佐木。」

松本老師已經坐在七寶園紅色圓桌邊飲著紹興酒，他允許自己每週可以喝一點小酒，差不多二合日本酒的量。當然「下酒菜」，一定有用例採集卡和鉛筆。

荒木一來到圓桌邊，立即替馬締介紹辭典編輯部的同事。

「西岡，就是這傢伙。這位是佐佐木小姐，主要負責用例採集卡的整理和分類。」

四十歲出頭的佐佐木，被荒木介紹到時面無表情地點了頭。雖然沒有一張和善的臉，但很有執行力，對辭典編輯部來說，是不可缺少的一份子。起初是計時的兼職人員，現在小孩已經長大不需要照顧，所以目前已轉為約聘員工。

松本老師會怎麼看待馬締這個新人呢？荒木互相介紹兩人時，不自主地緊張了起來。松本老師只是淺淺地對馬締微笑點頭，看不出內心真正的想法。

馬締對所有人不自在地點頭示意。

乾杯後，料理陸續上桌。看不出來西岡的心思這麼細膩，不但把小菜夾到松本老師的小碟子裡，也很清楚老師不吃皮蛋。對了，主角馬締的應對和反應又如何呢？荒木將視線移到坐在松本老師左手邊的馬締。馬締正替佐佐木倒啤酒，杯裡出現厚厚一層啤酒泡沫。

雖然很小心，但差強人意。

荒木宛如照顧幼稚園孩子般關切地看著他。佐佐木似乎也抱著同樣心情，沒什麼表情卻優雅地反過來替馬締倒酒。

「馬締的興趣是什麼？」

西岡為了打開友好之路，積極尋找新話題。馬締急忙把剛放入嘴裡的木耳吞下去，邊思考著如何回答。

「我的興趣……是觀看搭乘手扶梯的人群吧！」

圓桌頓時陷入一片沉默。

「看他們很愉快嗎？」

佐佐木的語氣平淡。

「是的。」馬締挪動身體，繼續說：「每次走出電車車廂，我都會刻意放慢腳步，讓其他乘客超越我，一窩蜂衝到手扶梯前。但是他們的爭先恐後卻不會造成混亂，好像暗中有人操控著一樣，人群很有默契地自動分成兩列，依序搭乘手扶梯。而且，左側一列站在手扶梯上，右側人龍不斷往上走，井然有序。上下班尖峰時刻人潮多時，場面更是壯觀美麗。」

「雖然說這話已經太晚了，但這傢伙，分明是個怪人。」

不理會西岡的批評，荒木和松本老師四目相對，松本老師意味深長地點著頭。荒木和松本老師完全理解馬締想說的話。

擁擠的月台上，人們像是被手扶梯吸了過去似的，在手扶梯前自動排隊，一一被運送上去。就像散落四處的無數詞彙，在編輯的努力之下被分類，標註關聯性，最後整齊地收錄在每一頁。

能在這種小地方察覺美感和喜悅的馬締，果然適合編辭典。

荒木想到一件必須馬上說的事，忽然開口：

「你知道新辭典為什麼叫『大渡海』嗎？」

馬締把花生一顆一顆往嘴裡放，像松鼠一樣細細咀嚼著。佐佐木以指尖輕敲著圓桌，試著引起馬締注意。他這時才驚覺，原來荒木是在問自己，連忙搖搖頭。

「辭典是一艘橫渡文字大海的船。」荒木娓娓道出醞釀多時的心聲：「人們搭上辭典這艘船，採集浮在黑暗海面上的微小光芒，以便用更精準的詞彙將心意傳達出去。如果沒有辭典，我們就只能茫然地停在文字大海上。」

「我們要編纂最適合渡海的行舟。」松本老師平靜地道出：「基於這樣的理念，荒木和我為辭典取了這個名字。」

交給你了——或許馬締聽出了話中之意，他的雙手離開圓桌，重新坐好。

「這部辭典將收錄多少詞彙、預計會有幾萬字呢？《大渡海》的特色是什麼？請告訴我所有細節。」

馬締的眼底閃著光芒，松本老師將手上的筷子改成鉛筆，佐佐木從皮包裡拿出大學筆記本打開，荒木迫不及切地準備多說一些新辭典的構想。

「呃……開始討論之前，」西岡把大家拉回到歡迎會：「應該先乾杯吧？」

一手將紹興酒倒入松本老師的杯子裡，另一手轉著圓桌，啤酒瓶繞了一圈，每個人的酒杯裡都添滿了酒。

「那麼，就讓我沒大沒小一次，帶大家先乾一杯吧！」

西岡舉起酒杯：「為我們辭典編輯部的航行，乾杯！」

「乾杯！」大家發自地內心地笑著。馬締看起來格外開心，和松本老師微碰杯緣示意。

馬締啊！希望你能帶領大家編出一艘好船。荒木閉上眼睛，在心裡默默許了個願。一艘讓人能長長久久、安穩乘坐的船；即使旅程寂寞沮喪，這艘船依然是能振奮人心的堅強夥伴。

我相信你們一定辦得到。

第二章

馬締光也對著空無一人的房間，說：「我回來了。」一邊將沉重的公事包放在榻榻米上，打開木格子窗。

「窗子～的下面是～神田川～♪」[1]

事實上流經的不是神田川，而是潺潺的輸水溝渠——馬締有一種看見什麼就唱什麼的急智歌王性格。遠處「後樂園」遊樂場的摩天輪浮在夕陽餘輝中。

總覺得有點累。

馬締沒開燈，攤倒在三坪大房間的正中央，屋內一片黑暗。調部門快三個月了，卻仍未適應辭典編輯部的工作。上班時間基本上朝九晚六，下班很少應酬。照理說和業務部相比應該輕鬆許多，但不知怎地就是很疲憊。

馬締今天特地繞遠路，從神保町的玄武書房換地鐵回到春日的租屋處。明明走路就能到，但為了看乘客上下手扶梯的畫面，刻意換搭電車。

雖然滿懷期待，心情卻沒有因此變開朗。或許因為還不到尖峰時間，月台上盡是年長者和主婦，果然只有上班族才熟悉車站手扶梯的律動節奏啊！眼前是沒有效率的移動，完全看不出秩序感，馬締心中期待的整齊美景，今天沒有出現。

突然腹部感覺到一股重量和暖意，抬頭一看，果然是虎爺。馬締回家後只要打開窗，虎爺一定會進來打招呼。

「我得起來做晚飯才行。」

家裡完全沒有食材，也沒有力氣去買。我可以吃泡麵，但虎爺呢……

「吃魚乾好嗎？」

摸著虎爺的頭，虎爺發出咕嚕咕嚕的叫聲，粗短的尾巴來回磨蹭著馬締的側腰。有一點不舒服，腹部因壓迫而有點難受，虎爺果然長大了。

馬締已經在春日的早雲莊住了將近十年，當初搬進來時才剛上大學，現在四捨五入也三十歲了。當年被雨淋溼發出哀叫聲的小小虎爺，現在也變成體格健壯的虎斑貓。早雲莊是兩層木造建築，儘管經過歲月的洗禮，外觀依然沒變，靜靜地座落在住宅區中——說不定是舊到有改變也看不出來了。

虎爺依然趴在馬締的肚子上，起不了身的馬締躺在地上拉了拉日光燈的開關線。為了方便躺著時也能開燈，馬締把天花板日光燈的開關線加長到幾乎垂在榻榻米上，他稱之為「懶人線」，線的末端綁著金色鈴鐺。馬締輕輕搖晃，虎爺被鈴聲吸引，離開了馬締的肚子，他趁機起身。

房間點亮後，馬締對著屋裡嘆了一口氣。仔細看過一遍，衣服和日常雜貨用品全塞

1〈神田川〉是一九七三年重唱組合「輝夜姬」所發行的單曲。

進收納櫃裡，房間裡稱得上家具的只有放在窗邊的一個小書桌。整面牆都是書架，卻還有許多塞不進架上的書在榻榻米上堆得到處都是，一部分甚至因疊得太高而傾倒，毫無居住品質可言。

事實上，馬締的藏書不僅放在自己的房間，早雲莊一樓的每個房間都被占滿了。

這年頭，已經沒什麼人租房子。空房增加的速度就像一鼓作氣從枝頭掉落的楓葉，目前只剩馬締一個房客。唯一的好處是，馬締可以把書搬到隔壁、以及再隔壁的空房間。連房東竹婆都無法抵擋書本的攻占，不得不從一樓最靠近樓梯的房間撤退。

竹婆人好又和善，開開心心地搬上二樓。

「多虧小光釘了許多高達天花板的書架，替早雲莊安了不少樑柱喔！這下就算地震來也不用擔心了。」

但也因為這些**樑柱**的重量，讓早雲莊的地基漸漸下沉，不過馬締和竹婆都不在意這些小細節。房東竹婆沒有特別提，房客的神經又超級粗，於是馬締始終只付一個房間的租金。

就這樣，馬締的書堆滿了一樓的每個房間，竹婆則使用二樓的所有房間，兩人悠哉地在早雲莊生活。

如果房間多少反應出居住者的內心世界，那我就是飽藏詞彙卻無法運用、被厚灰塵層層覆蓋的乏味之人。

馬締從置物櫃裡拿出一包醬油口味的「渣晃一番」速食麵。他在附近折扣商店買了一整箱，價格便宜，卻是十足的仿冒品。袋子上的說明寫著：煮沸五百公升的水、放入麵條至化開即可，可隨個人喜好加入蛋、蔥、火腿等食材。五百公升的水怎麼想都太多了，但因為說明寫得一本正經，很得馬締的歡心，最近常吃的就是這箱渣晃一番。

手裡拎著速食麵，拉開有點卡的房門，走向共用的廚房。虎爺也一起跟了過來。木頭地板老舊不堪，每走一步就會發出船上甲板似的軋軋聲。

馬締打開流理台下方的櫃子，翻找著虎爺的魚乾時，二樓傳來了聲音。

「小光，你回來了嗎？」

「是，我剛剛回來。」

回頭仰望，二樓走廊盡頭處，可以看到竹婆探出部分身軀，正望著樓下的廚房。

「我滷菜煮太多了，剛好要吃晚餐，你一起來吃吧！」

「謝謝竹婆，我就恭敬不如從命了。」

馬締一手拿著泡麵，一手拿著魚乾袋上了樓梯，虎爺跟在後面。

竹婆的起居室最接近樓梯，約三坪大，隔壁房間是寢室，再隔壁則是客房。雖說是客房，但因為幾乎沒有人來拜訪竹婆，那裡便成了置物間。

兩個樓層都有廁所，但二樓沒有廚房、浴室及洗衣間公共空間等，格局反而顯得舒適精巧。窗外的空地，是個視野很好的曬衣場。這塊空地要稱之為陽台或露台也不是不行，但因為是木頭搭建而成、沒有上漆，宛如一大片沒有欄杆的木板，嚴格說來只能算是曬衣場。

「打擾了。」

脫下拖鞋，進入竹婆起居室的馬締頓了一下，窗外的曬衣場上擺出了芒草和麻糬丸子。

對喔，今天是中秋月圓之日。我還沒適應環境的改變，季節卻不停歇地更替著。吃了一些馬締手中的魚乾後，虎爺對著滿月尚未出現的夜空叫了一聲，馬締打開窗戶露出一小道縫隙，虎爺往曬衣場溜去。

在竹婆的催促下，馬締跪坐在矮桌邊。桌上擺著燙菠菜、滷雞肉和小芋頭，以及醃漬小黃瓜。

「還有這個喔！」竹婆端出在鮮肉店買的可樂餅，擺在桌上，說：「年輕人只吃滷菜不夠的。」

邊說邊從墊著報紙的鍋裡舀了一碗豆腐味噌湯，又盛了一碗小山高般的白飯給馬締。湯跟飯都冒著熱騰騰的蒸氣，感覺得到竹婆是配合馬締回家時間而準備，再若無其事地邀他一起吃飯。

「開動了。」

馬締低著頭，專心地把眼前的美味吃進肚裡，竹婆不發一語。

「我看起來很沒精神嗎？」

馬締一邊咬著醃小黃瓜一邊問。

「很明顯喔！」竹婆啜飲著味噌湯，問：「工作很辛苦嗎？」

「太多事情要做決定，我的腦子快爆炸了。」

「怎麼會呢？只剩腦袋還算靈光的小光怎麼會遇到這種狀況啊！」

好過分吶，雖然心裡這麼想，但馬締確實除了學習和思考之外，沒有什麼拿手的本事了。

「就是因為只靠腦袋才有問題啊！」馬締盯著被電燈照亮的飯粒，「之前在業務部，只要照著規矩做事就好，基本上就是拜訪書店。工作目標很明確，勤奮一點就可以了，說輕鬆也算輕鬆。但是編辭典就沒那麼簡單，不但要大家一起集思廣義，還必須分工合作。」

「這有什麼問題嗎？」

「叫我思考多少事情都可以，但腦子裡想的事卻沒辦法對同事說明清楚。說穿了，我跟辭典編輯部根本就格格不入。」

竹婆一副傻眼的模樣，搖了搖頭。

「小光啊，到目前為止，你哪時候是跟大家打成一片的呢？你的確很會讀書，但連一個朋友或女朋友也不曾帶回來過，不是嗎？」

「因為沒有啊！」

「那就是啦，為什麼到現在才在意呢？」

對耶，為什麼呢……

不論是學生時代還是出社會後，馬締一直被當成「怪人」，總是很自然地被擺到邊緣位置。偶爾有人基於善意的好奇，主動找他攀談，但或許是馬締的回答都很突兀，總是讓人勉強擠出一絲僵硬的笑容後火速逃開。儘管馬締很認真、敞開心胸應對，卻始終無法順利掌握局面。

就是因為在人際關係上碰壁，馬締決定躲進書裡。不論口才再怎麼差，只要面對書就能穩住，靜心地、深入地與書本對話。另一個好處是，下課時間只要翻開書本，同學就不會來找他講話，不用再應付同學的話題。

馬締因為讀了不少書，成績越來越好，對傳達想法的「詞彙」抱持著濃厚興趣，大學時決定專攻語文。

就算獲取再多知識，無法順利表達也是枉然。雖然很難過，但也無可奈何。馬締原已看破、也接受了這個事實，卻在調到辭典編輯部後，重新燃起與人溝通的念頭。

「小光，你希望和同事更親近吧？希望跟大家同心，一起做出好的辭典，沒錯吧？」

被竹婆這麼一說，馬締驚訝地抬起頭來。

想要表達，想和大家交心——

這段期間漩渦般紛亂交纏的情緒，正是因為想著這些。

「為什麼妳知道呢？妳看到我自言自語過這樣的話嗎？」

「因為小光和我是呲—咔—的夥伴[2]呀！」竹婆反覆按壓著熱水瓶上的幫浦，熱水注入茶壺裡。「不過啊，你的年紀已經不小了，還在煩惱這種小孩子的事，真是光有大頭，卻是呆子啊！」

真沒面子。馬締不再說話，默默地吃著可樂餅。腦子裡卻忽然想到：為什麼「不說也能互相了解」，會用「呲—咔—」來形容呢？雖然曾經讀過這個說法的起源，但恐怕只是沒有根據的推測。除了已經證實的少數詞彙，辭典通常盡量不論及出處。因為詞彙的誕生，往往是使用者偶然間說出來的。

2日文以「つう」（tsuu）「かあ」（kaa）來形容只要出聲，對方就懂的親密關係。

即便如此還是很在意。為什麼不是「叫一聲『喂』，就知道要泡茶」、「喊一聲『喏』，就曉得是姆米[3]」，而是「吡—咔—的夥伴」？「吡」和「咔」難不成是白鶴報恩裡的白鶴變成的女人對著空中鳴叫時，烏鴉飛來回應的叫聲嗎[4]？

「只要拜託小光呀，你就會幫我換燈泡，不是嗎？」

「當然囉！」

竹婆的聲音把馬締拉回現實，馬締慌張地東張西望，哪個燈泡壞了？雖然偶有疏忽，但馬締十分留意早雲莊的照明，總是希望在竹婆發現前就把燈泡換好。

「只要我找你，你也總是不見外地陪我一起吃飯。」竹婆望著湯碗上的微微熱氣，「同樣的道理，學習依賴別人或被別人依賴就行了啊！不只是對我，同事之間也一樣。」

實際上燈泡沒有壞，竹婆只是以自己的例子說明，開導馬締。

「我吃飽了，謝謝！」

始終維持著端正跪姿吃完整餐飯的馬締低頭道謝，同時將帶來的渣晃一番送給竹婆當回禮。

這一晚，馬締自動收拾碗盤，拿到一樓廚房清洗。竹婆在共用浴室洗好澡後，就先回寢室休息了。

馬締通常在上班前淋浴。所以打算今晚不再想辭典或人際關係的事，早點上床。

他重新替虎爺的小碗換上乾淨的水，並在飼料碗裡放入小魚乾和滿滿的柴魚片，排放在廚房地板上。虎爺在早雲莊只吃點心，「可能在哪裡吃別人的食物吧！」竹婆這麼說過。馬締想像著虎爺自力覓食的模樣。雖然體型微胖，但可是狩獵的達人（達貓？）喔！好幾次馬締見到虎爺嘴裡銜著麻雀或蜻蜓，展示獵物般地走過輸水溝渠的邊牆。

馬締回到房間，鋪好棉被後，往窗戶外壓低音量叫了聲：「虎爺！」等了一會兒仍不見貓影，平日晚上總是縮成一團窩在馬締腳邊的虎爺，今天是怎麼了？

鑽入棉被，拉了懶人線，關燈，馬締心想虎爺應該晚一點會回來吧！他沒有馬上睡著，只是望著天花板，窗口留了一道縫隙。

適應了靜謐的黑暗，聽得到輸水溝渠的清清水流聲。風吹散了雲層，月光將樹葉的影子映在窗上。

忽然傳來像是虎爺的叫聲，聲音裡帶有低沉的威嚇，但又像撒嬌。

皎潔月光照進屋內，馬締起身仔細聆聽——果然是虎爺的聲音，牠到底在哪裡？又在做什麼？

---

3 「ねえムーミン」（啥～姆米）為姆米谷卡通片頭曲開頭的歌詞，是日本人耳熟能詳的共同成長記憶。

4 「つう」同時用於形容鶴的鳴叫聲，「かあ」則為烏鴉的叫聲。

他因為擔心而爬出被窩，戴上眼鏡。一股秋天的涼風吹過，有點寒意。馬締稍微聞了一下書堆以確認鞋子放在哪後，迅速穿上。

朝著窗外的輸水溝渠張望，不對，虎爺的聲音來自二樓的曬衣場。

原來竹婆睡前把窗戶關上了，今晚又特別冷，難怪牠想進屋內。

為了解救虎爺，馬締走上樓。昏暗的二樓走廊上，聽得到竹婆寢室裡傳出的鼾聲。睡得很熟，似乎完全沒有聽到虎爺的叫聲。

擅闖女性寢室會被當成變態，況且，二樓的每個房間都和窗外橫跨的曬衣場相連，不用刻意搖醒竹婆吧……

馬締打開最前方、剛才吃飯的起居室的門，早雲莊已經沒有其他房客，馬締和竹婆不會刻意一一上鎖。

「打擾了。」

馬締還是致歉了一聲才踏入室內。月光把房間照得明亮，不需要開燈即可直接走到窗邊。

曬衣場的芒草和麻糬丸子不見了。

是竹婆收起來了？還是被虎爺吃掉了？懷著一個一個問號，馬締打開了窗戶，虎爺的聲音清楚傳來。

「好啦，不要再叫了，」馬締跨過直抵腰間的窗溝，走進曬衣場：「我來接你囉！」正要叫喚虎爺時，馬締略略看向寢室和客房，芒草和麻糬丸子不知何時被移到客房的窗邊。

眼前曬衣場上竟然站了個女子，手裡抱著虎爺。

咕嚕！

馬締看得入神，喉嚨發出了怪聲音。抬頭欣賞著滿月的女子，慢慢轉過頭看著馬締。女子的側面看起來很美，臉轉過來後看得到細緻的輪廓。馬締宛如陷入夢境，不知道被施了什麼魔法般，肌肉和心臟變得僵硬，完全不聽使喚。

及肩的黑髮在風中飄曳，女子淺淺一笑。

「你來接我了呀，真高興。」

語氣裡有一點調皮的味道。

竹婆在月光的沐浴下返老還童了？

古往今來、東方西方關於月亮變身的傳說及奇人軼事突然在腦裡翻轉，馬締躡手躡腳地往窗內一看，竹婆明明正張大嘴巴沉睡著。

那……眼前的人又是誰呢？

虎爺翻身跳離女子的懷抱。馬締見狀一屁股坐在地板上，虎爺走過來，用身體磨蹭著他的小腿。

「真可愛，叫什麼名字？」

「馬締。」

「貓咪叫『認真』？好怪。」

母親戴著「兒子最棒」的特殊眼鏡這樣自誇也就罷了，怎麼可能有人會稱讚我可愛啊？馬締被自己的反應窘到無地自容，整張臉瞬間漲紅，女子似乎不明白眼前的狀況，歪頭一臉困惑。

馬締趁機轉移話題，詢問：

「啊，請問妳是？」

「我叫香具矢[5]，今天才到，請多指教。」

馬締若有所思地抬頭看向女子身後的夜空，大大的月亮高掛著。

「小馬締，你在發什麼呆啊？」

被西岡輕拍了背部，馬締連忙收回神遊中的意識。慌亂之下，「香具矢……」這名字差點脫口而出，思緒也險些再次跟著飄走。

西岡無視馬締的心不在焉，從旁靠過來望著桌上。

「你在查什麼？」

馬締認為自己無法融入辭典編輯部，很大的因素來自西岡。西岡說話的節奏、與人應對時的舉止和態度、工作的精確度，不論哪一項都超出馬締的理解範圍，每次和西岡接觸，都很不適應。

「沒查什麼……」

「戀愛」，西岡眼尖地瞄到馬締正在查閱的詞彙，大聲念了出來。

【戀愛】指與特定異性之間的特別情感。讓人心情亢奮，希望兩人單獨相處，分享彼此的內心世界，可能的話也包含身體上的結合。但因為無法經常實現，讓人悶悶不樂；期望實現時，又會讓人處於欣喜若狂的興奮狀態。

「喔，我知道我知道，這是《新明解國語辭典》對吧？」

「對，第五版。」

「因為獨特釋義很有意思而成名，所以呢？」

5 日本最早的物語作品《竹取物語》裡，主角從月亮來到人間，因從竹子裡誕生時身體閃閃發亮而被取名為「輝夜」，跟「香具矢」的日文發音相同，都念做かぐや（kaguya）。

「所以什麼？」
「你不要裝傻了啦，馬締！」
西岡連人帶椅滑向馬締，一手搭著他的肩膀：「你戀愛了，對嗎？」
「沒有啦，只是在想……」因為被西岡碰了一下，馬締推了推滑到鼻翼的眼鏡：「這樣的釋義的確很獨特，但戀愛對象限定為『特定的異性』，妥當嗎？」
西岡的手離開馬締的肩膀，連椅帶人迅速溜回自己的辦公桌前。
「馬締，難不成你的對象是那種……」
那種，是指哪種呢？
對於西岡的話中有話，馬締有聽沒有懂，只翻閱著手邊的辭典。每一本辭典都收錄了「戀愛」這個詞，釋義中也都提到男女之間的情感。但若以現今的狀況來考量，正確性就有待商榷。
他在「戀愛」的用例採集卡上畫了雙圈，意思是「辭典必須收錄，重要詞彙」，並在備註欄裡附加說明：「只限定男女之間好嗎？請查查外文辭典」。
剛才西岡問題裡的意思，這下才突然滲進馬締腦中。
「不，我想不是你想的那樣吧，應該不是。」
「應該——為什麼你不能確定？」

「我希望在精神和肉體上結合的對象目前為止都是異性。但因為我還沒有『當期望實現時，會處於欣喜若狂的興奮狀態』的經驗，所以無法完全了解『戀愛』的真正意義，才用『應該』二字，略作保留。」

西岡沉默了數秒後，大叫：

「難不成你還是處男！」

剛好走進編輯部的佐佐木以冰冷的視線和聲音說：

「松本老師和荒木快到了。」

辭典編輯部正在開一週一次的《大渡海》編輯方針會議。

《大渡海》預計收錄二十三萬則條目，是一本規模和《廣辭苑》及《大辭林》相當的中型國語辭典。因為《大渡海》較晚推出，要吸引讀者的青睞必須下很大的工夫。

「我們的釋義要更貼近現代才行。」

松本老師總是這麼叮嚀。

從玄武書房退休的荒木，擔任辭典編輯部總指導一職，每週參與會議。

「慣用語、專業用語及固定名詞能收錄就多收，它也可以當成百科事典。」

為了完成松本老師和荒木的要求，馬締夜以繼日地檢查著用例採集卡。

首先要核對現有辭典都有收錄的詞，並在用例採集卡上標記雙圈。這些是最基本的詞彙。

其他小型辭典收錄的詞彙以單圈標記，中型辭典收錄的詞彙以三角形標記。收進《大渡海》的判斷標準正是卡片上的記號。標記為雙圈的字或詞，如果沒有特殊原因，基本上不能隨意刪除。畫三角形的詞彙則視狀況決定可以不收錄。

當然，現有辭典找得到的詞彙只是參考值，後續還是要依《大渡海》的編輯方針判定選用哪些詞彙。把古語、新詞、外來語、專有名詞等彙整起來，最後統一取捨。

馬締和佐佐木分頭作業，對照用例採集卡和市面流通的數本辭典。反覆查找的結果是，指紋幾乎被磨平，手指甚至無法順利抓牢物品。這兩個人忙得要死的時候，西岡卻在公司附近的咖啡廳混時間，或跑去聯誼。

有一天，馬締看著編輯部說出了自己的想法：「我覺得問題在於《大渡海》的用例採集卡中，時尚類的詞彙不夠。」

「啊，我贊成。」

西岡雙手交叉在胸前，把椅子弄出軋軋聲響，「至少要收錄『三大發表會[6]』吧！」

「既然都發現了，為什麼不製作用例採集卡呢？」荒木怒斥。

「我不熟那個領域……」

松本老師自責地撥弄著身上的繩狀領帶。

「不，不是指老師，我是在說西岡這個笨蛋。」

馬締看了一眼發怒的荒木，提出疑問：

「三大『收藏品』一般是指什麼呢？郵票、相機……筷套？不對，或許是更有收藏價值的古董吊飾。」

「廢話！當然是指巴黎、米蘭、紐約三大『時尚發表會』。什麼筷套？果然只有馬締才會想到這麼奇怪的東西。」

馬締完全不以為意，西岡用觀察罕見小蟲的眼光注視著他，因為他被另一件事轉移了注意力。

剛才西岡的話裡，用的是「果然」這個詞，而不是「真的」或「確實」。或許是我聽不習慣，但這似乎是另一種委婉的常用說法。

馬締立刻為「果然」這個詞製作了一張新的用例採集卡，記錄日是今天，出處的欄位空白，並在備註欄記下「發言者：西岡」。

6原文為コレクション，源自英文的collection，有時尚發表會，也有收藏品等意思。

看到不顧會議進行、埋頭製作起用例採集卡的馬締，佐佐木嘆了一口氣。

「我們趕快擬定時尚領域專家的名單，委託他們選定詞彙撰寫釋義吧！」

「其實辭典很容易落入男性觀點的窠臼。」松本老師不急不徐地說：「因為編纂者大多是壯年上班族男性，時尚和家庭生活等相關用語因而變少。但之後的辭典不能安於現狀，最理想的編輯成員是廣納興趣和關注領域完全不同的男女老少。」

「這麼說來，我們編輯部似乎沒有年輕的女編輯耶！」荒木點點頭，又隨即補充道：「當然，佐佐木小姐還很年輕。」

「不用這樣愚蠢地討好我。」佐佐木面無表情地在言語上對荒木重重一擊。「馬締，怎麼樣？這週還有其他新問題要討論嗎？」

西岡舉手示意，打斷了搖著頭表示沒有的馬締。

「這傢伙好像還是童子之身喔！」

全員視線頓時落在馬締身上。

「然後呢，那又怎樣？」荒木停了一秒，額頭暴出青筋對著西岡大吼：「童子之身有礙到編辭典這件事嗎？」

荒木整理著桌上的資料，收拾東西準備回家，因為實在氣不過淨說些蠢話的這傢伙。但不知為什麼，馬締卻道歉說：「對不起。還是會……妨礙辭典編輯吧！」

已經被荒木臭罵慣了的西岡毫不退怯：「馬締剛才查著《新明解》的『戀愛』這個詞時，出神了一會兒唷！呵呵呵。」

即使有片刻想得出神，也肯定比西岡的進度超前許多。但這不是馬締剛剛道歉的本意，卻又不想因為反駁而讓事情越演越烈。

「對不起。」

只好再一次老實地道歉。

「馬締有喜歡的人嗎？」

松本老師問，手裡抱著沉重的黑公事包，公事包裡塞滿許多古書。每次來玄武書房，老師必會順道去逛神保町的古書街，自掏腰包買齊新舊不同的初版小說。不是為了品味文學，而是要從文章中尋找適合辭典的例句。值得信賴的辭典重視詞彙首次出現在哪一本文獻的考證，於是蒐集初版小說便成了老師的職業病。

「老師，西岡的話不必太認真。」

「不，荒木，不是的。戀愛、交往都是人生大事，尤其是像馬締這樣沒經驗的年輕人。」

被老師用沒經驗來形容，馬締的耳根頓時熱了起來。雖然自己也承認不太有經驗，但戀情被拿來當成公開討論的話題還是頭一回，所以坐立難安。

不顧縮著背低著頭的馬締，松本老師繼續說：

「不論時間或金錢，我們必須把一切獻給辭典。除了生活最低限度的基本需求，其他的心思全花在辭典上。我雖然知道家庭旅遊、遊樂場這些詞彙，卻從沒體驗過。對方能否理解這種生活品質，是很重要的一點。」

大家本以為松本老師要暢談戀愛的重要性和為人生增添的光彩，紛紛豎耳傾聽，這時卻像洩了氣似的，但同時又滿心詫異：「不愧是松本老師，談到戀愛還是以不影響編辭典為最高原則。」因而對老師又敬又怕。

「老師，難道您連迪士尼也沒去過？」

「雖然聽過很多次，但遊樂場對我來說實在有如幻境啊！」

「真的嗎？可以拜託孫子帶您去啊！」

西岡和松本老師交談時，佐佐木轉向馬締。

「對方是什麼樣的人？」

「沒有什麼對方啦，我們沒有交往。」

馬締用力搖頭，卻禁不住佐佐木的視線壓力，終於吐實：「名字是林香具矢，前幾天剛搬到我租屋的地方，跟房東是祖孫關係。」提到香具矢的名字，馬締的耳朵整個紅了起來。

「原來住在同一個屋簷下啊……」西岡大感興趣，插嘴道：「近水樓台，要我們怎麼不想歪呢？喂，馬締，你得隨時拴好理性的韁繩。」

「你才需要吧，混蛋！」荒木敲了西岡的頭，繼續說：「然後呢？」

馬締逃不過荒木的眼神，像魚尾獅不斷吐水一樣，一五一十地和盤托出。

「跟我同年，二十七歲。香具矢因為擔心房東竹婆年紀大了，所以搬來一起住，之前一直待在京都當學徒。」

「學徒？做什麼？」

「日本料理師傅。」

「馬締，你果然對男……」

這次馬締馬上猜到西岡想說什麼，趕緊接話。

「香具矢是位女料理師傅。」

「店名是……？」

佐佐木坐回電腦前搜尋網頁。

「應該是位於湯島的『梅之實』。」

敲著鍵盤的佐佐木，順勢拿起電話筒交涉起來。

「我用荒木的名字預約了四位，我得回家煮飯，所以先告辭了。」

佐佐木把印出來的店家地圖強塞給馬締後，隨即離開了編輯部。

「真是手腳俐落啊，佐佐木果然和平常一樣超有效率。」

荒木滿意地點頭。

「應該不是很貴的店吧？」

西岡翻出了錢包，松本老師則微笑地催促。

「那麼，我們出發去見馬締心目中的女神吧！」

馬締還沒對這急轉直下的發展反應過來，卻已順手接過老師沉重的公事包。

梅之實窄小的入口處，掛著優雅的門簾，門簾一端染印著三枚藍色的梅子圖案。拉開格子門，「歡迎光臨！」從吧台料理區傳來像是大廚的大叔和三十歲出頭男師傅的響亮聲音。

進門後右手邊的原木吧台有八個座位；左邊是三張四人坐的桌子，地板加高作為區隔。自然簡潔的空間裡氣氛非常活絡，幾乎坐無虛席。

拿著空托盤的香具矢從內側區走出來，資歷最淺的香具矢似乎也兼外場服務。日本料理師傅的模樣看在馬締眼裡，閃耀動人。白色上衣搭配白圍裙，頭髮綁在後方，戴著小巧的廚帽。

「歡迎光臨！」

香具矢快步走向站在門口的馬締一行人，最前面的荒木代表發言。

「我是剛才打電話訂位的荒木。」

「謝謝您……啊，是小光！」

發現馬締站在荒木身後，香具矢多了幾分笑容：「你來啦，大家是同事嗎？」

「是的，辭典編輯部的同事。」

「請這邊走。」

香具矢招呼著眼前四人走向最裡面的桌子。坐定後，先拿起熱毛巾擦手，同時看看和紙上手寫的菜單。價格不算貴，從精緻費工的料理到滷菜等家常菜都有，菜色豐富。點完菜，先喝啤酒潤喉，荒木忍不住打開話匣子。

「我有點吃驚呢！」

「真是個美女，難怪馬締會動心。」

松本老師一邊吃著小菜「鴻喜菇燴炸豆腐」，一邊點頭。

「而且，她竟然叫你小光。」

西岡一副不知是取笑還是嫉妒的表情。

「因為竹婆房東這麼叫我，她就跟著叫了。」

馬締坐立難安的樣子，同事全看在眼底，馬締的視線在料理吧台後方游移著。香具矢很認真地看著大廚料理時的每個動作，偶爾另一位資深師傅會吩咐她什麼，香具矢立即回答「是」，快速去做。這位看起來同是日本料理師傅的前輩，五官長得十分端正。

馬締天生一頭自然捲髮，加上睡醒後的亂翹，直到一天工作結束後的現在才突然想到要整理。但手上的毛巾已經涼了，馬締只好放棄整理頭髮，把毛巾放回桌上，從胸口到喉頭的空氣好像乾掉的麻糬一樣結成硬塊，難得這麼美味的料理卻有點食不下嚥。

香具矢似乎完全沒察覺到馬締不自然的模樣，或許因為馬締平常就是這副怪樣子，現在也不必在意。綜合生魚片、滷菜、自製味噌醃過的宮崎牛肉燒烤，料理一道道上桌，期間香具矢更體貼地詢問是否要追加小碟子或飲料，簡直細心到完美的程度。

「我聽馬締說了，妳是香具矢小姐吧？名字真好。」

西岡傾斜著臉仰望著香具矢，這是他自認最帥氣的角度。

「謝謝，有點像飆車族在牆上的塗鴉[7]，我其實不怎麼喜歡。」

「怎麼這麼說！香具矢，這名字和你的美貌配得剛剛好。」

西岡歌頌般地讚美完後，馬締桌下的小腿突然被踢了一下，讓他疼痛到叫出聲。對面的荒木瞪著西岡，表情似乎說著：「少在那裡獻殷勤！」荒木似乎想踢西岡一腳，卻不小心錯踢到一旁的馬締。

「取這名字只是因為我出生時剛好滿月。」
香具矢客氣又簡潔地回答西岡，西岡仍不放棄。
「看吧，連月亮也祝賀妳的誕生。」
馬締小腿又感到一記飛來的力道，卻沒辦法說「這是我的腳啊」，只好咬牙忍耐。
當菜盤都見底，也喝得有點微醺時，四人走出了店外。入冬時節的冷空氣這時候反而讓人非常舒服。
「真好吃，下次佐佐木小姐也一起來就太好了。」
「老師喜歡的話，以後開完會的聚餐就都來梅之實吧！」
松本老師和荒木愉快地交談著。
「什麼？又不是公司出錢，我的錢包慘了！」西岡提議：「和七寶園輪流，怎麼樣？」
走在夜晚的路上，四個人的影子被拉得很長，馬締以為是月亮照射出的影子，抬頭看了天空，卻完全沒有發亮的星象與月光。在街燈的照映下，低垂的灰雲透出微光。
被荒木晾在一旁的西岡和馬締並肩走著，西岡若有所思地嘆了一口氣。
「我其實很害怕自己啊！」

7 日本的飆車族喜歡把假名寫成漢字，自認為很酷。

「為什麼？」

「香具矢一直盯著我看，對吧？我也沒辦法，真的很對不起，這是連我自己也害怕、與生俱來的魅力啊！請你見諒。」

走在前面的荒木回過頭，臉上是半驚訝半傻眼的表情，說：

「你還真敢往自己臉上貼金啊！」

馬締也很詫異西岡會這樣說，本以為他是開玩笑，但側眼偷瞄了一下，卻發現他的臉龐浮現著得意的微笑。

這種自信到底是哪裡來的？就算香具矢多看了西岡幾眼，也是因為西岡一直和她搭話才不好意思不回應吧！馬締甚至覺得，香具矢是為了維持對客人的禮貌，才勉強收起困擾的表情，盡可能回答名字等囉哩囉唆的閒扯。

不過，看著穿著高級西裝、主動又擅於交際的西岡，馬締忍不住懷疑起自己。「說不定，女孩子真的比較喜歡西岡這樣的人。」甚至覺得，跟我這種穿著不起眼的西裝、消極怯弱、存在感稀薄的人交往，還不如去撫摸可愛的虎爺好得多。馬締在心裡揣測香具矢的想法，感嘆著自己的悲哀。對沒談過戀愛的馬締來說，怎麼也無法效仿西岡那種對自己的魅力毫不懷疑的態度。

「西岡，你乾脆搬到馬締住的地方去好了。」松本老師順勢提議。

「啊，信玄莊是嗎？」

「是早雲莊。」

西岡不顧馬締在旁更正，繼續回答：

「我才不要，是個古老破舊的宿舍，對吧？」

「真可惜。我還在想，這或許是漱石的《心》[8]在現代重新上演的好機會呢！」

「什麼《心》啊？」

西岡歪著頭邊走邊想，過了一會兒，「啊！國語教科書裡有收錄，那封遺書超冗長，真受不了啊！」

「這就是你對《心》的感想嗎?!」

西岡的發言似乎又惹得荒木大為光火：「你到底為什麼會來出版社工作啊？」

「沒有為什麼啊，剛好錄取了，有什麼辦法呢！」西岡交叉著雙手、一臉認真地說：「打算自殺的人，不會寫這麼長的遺書吧？收到像包裹一樣的遺書，任誰都會嚇得不自主地發抖吧！」

「不對，遺書不是包裹，而是用和紙包起來、以漿糊黏好，可放進口袋的厚度，以

8《心》為夏目漱石的作品。故事裡的「老師」愛上房東的女兒但沒有勇氣表白，直到「K」這位情敵出現，才一改原本個性，用盡心機排除K，造成無可挽回的悲劇。

掛號寄出。」

馬締邊說邊感到「不對勁」。《心》的主角「老師」寫的遺書，仔細回想的確很長，讓人不覺得是可以用和紙封好或收得進口袋的分量。

「那一年負責面試、決定錄用的人是誰啊，真是夠了！」

荒木一臉不滿，但馬締卻不認為西岡是那麼糟的員工。雖然不擅長需要耐心的作業，卻很有自己的想法。剛才也很自然地舉出《心》裡面不合邏輯的部分。

並不是都要像我這種默默工作的個性，或許像西岡一樣有著豐富奔放的想像力和不同觀點的人，更適合編辭典。

馬締的想法像深陷地裡的雙腳，毫不動搖。

沒打算和西岡爭論，但西岡仍繼續說著《心》的話題。

「為什麼要我搬到戰國武將的租屋處，會想起《心》呢？」

「就像小說裡的三角戀啊，西岡、香具矢、馬締的關係以宿舍為舞台發展，這還用說！」

「對手是馬締的話，實在讓人沒勁啊！」

西岡故意調侃馬締，松本老師卻神情認真地接話。

「即使了解字面上的意思，但若不曾真的陷入過三角關係，想必是無法體會那種苦悶和煩惱的。沒有親身經歷過的事，無法正確地說明。一個投身於辭典編輯工作的人，最重要的是不斷體驗與思考，要有不厭倦的追究精神。」

為了體會「三角關係」，松本老師竟然要推馬締和西岡入戀愛的泥沼，真是辭典魔鬼。偷睨著松本老師枯木般的背影，馬締不禁打了一個寒顫。裝滿古書的公事包，宛如一塊又黑又重的磚，反映著老師對辭典的心情。

「不愧是松本老師。」西岡對曖昧、糾結的心境完全無感：「老師的意思是，為了辭典，最好什麼都去嘗試看看，是嗎？但這對還是處子之身的馬締太不利了。馬締，你、好、好、加、油、吧！」

西岡沉浸在想像中，說出毫無誠意的勉勵之語。

「但是，老師……」雖然很猶豫，馬締還是決定提出心裡的疑問：「剛才老師說『沒去過遊樂園』，對吧？不體驗也無所謂嗎？」

「我不喜歡人多嘈雜的地方。」松本老師平淡地回答：「但你們還年輕、有體力，戀愛也好，遊樂園也好，都盡量去嘗試吧！」

代替松本老師去做嗎？

和搭地鐵的三人道別後，馬締獨自走回春日的租屋處。為了把親身經歷奉獻給辭典，可以的話最好是獲得香具矢的芳心，品嘗戀愛的果實。如果香具矢想去遊樂園，當然也奉陪。況且，離早雲莊近在咫尺就有一座遊樂園，名叫後樂園。

實際的距離是一回事，但馬締的心裡對於邀香具矢去遊樂園的障礙，簡直和前往沉睡在沙漠盡頭的古文明遺址一樣遙不可及。如何能傳達出自己的心意，怎麼做才能讓對方願意回應？馬締連最基本的邀對方約會都不會。

每週一次的例行會議後，輪流到梅之實和七寶園聚餐，已經成為慣例。

第一次在店裡看到香具矢本人的佐佐木，隔天特地從放置用例採集卡的資料室走出來，對坐在編輯部辦公桌前的馬締說：

「那個女生很難吧？」

「那個女生是？」

「香具矢啊！馬締，你要加油才行。」

「香具矢果然喜歡像西岡那樣的人嗎？」

「西岡？」佐佐木嗤之以鼻：「我倒是很想見識一下，哪個女生會喜歡他那一型。」

西岡似乎不像馬締想的那麼有女人緣。那麼，女生到底喜歡哪一型的人呢？馬締對戀愛的理解越來越模糊了。

「他太輕浮了啦！」佐佐木一句話就把不在場的西岡終結在話題之外。「先別管西岡了，香具矢對大廚和前輩很崇拜呢！」

「咦？」馬締慌張地比較了大廚輪廓深邃的臉，和前輩師傅結實幹練的體態。「妳是說香具矢喜歡前輩嗎？」

「馬締啊……」

送出一對憐憫的眼神給馬締後，佐佐木嘆了一口氣，搖了搖頭。硬是把到了嘴邊的「真是個傻子」吞了回去。

「我的意思是，香具矢的心思都在工作上。『不破壞香具矢對工作的熱忱，找對時機引起她注意』，這麼困難的事你做得到嗎？」

做不到。馬締低著頭，收拾著散落在桌上的橡皮擦屑。

佐佐木離開時，西岡剛好小心翼翼地摺著手帕走回座位，看到正在清理橡皮擦屑的馬締，便說：「喂，現在可不是搓鼻屎的時候啊！」

儘管西岡擺出讓人無法反駁的堅定口氣，馬締還是平靜地把橡皮擦屑掃進垃圾筒後，才問道：

「怎麼了？」

「我在本館的廁所裡聽到了流言。」

「這裡就有廁所了，你還特地跑到本館去啊？」

「因為是大號啦，我習慣上不會遇到熟人的廁所，才能安心地盡情使用。」

馬締有點意外，原來西岡也有細膩的一面。西岡一聲乾咳，轉回剛才的話題。

「我在廁所聽到有人說《大渡海》編纂計畫要中止。」

「你說的是真的嗎?!」

馬締吃驚地站了起來。

「應該是業務部的人，我走出廁所時他們已經離開了。詳情不清楚，看來你什麼也沒有聽說。」

「嗯。」

在業務部時，馬締沒有熟識的同事，也不受注意。就算《大渡海》觸了暗礁，馬締也不會知情，更不會有人來通風報信。

「編辭典真是燒錢啊！」西岡將椅子搖得發出軋軋聲，望著天花板：「怎麼辦？馬締。」

怎麼辦才好？馬締立刻陷入沉思。開了幾次會，已經有些進展，也定出了編輯方針。突然中斷，要怎麼對荒木和松本老師交代？

「『中止』這件事進展到哪個階段了？還有沒有商量的餘地？麻煩你蒐集進一步的情報。我則把既成的事實寫出來，讓生米變成熟飯。」

「意思是？」

「我先寄出正式邀請函，委託各領域的老師為辭典撰稿。」

「原來如此！」

聽懂馬締的計畫後，西岡像個邪惡的幫兇般笑了。

要委託外部人士寫稿，事先有幾個階段的準備工作。

首先要選定用例採集卡中要收錄的詞條，接著確定編輯方針，製作出〈撰述要點〉。編辭典時，委託超過五十位以上執筆者很正常，如果每個人都按自己的方式寫，不但文體無法統一，且花再多時間整合也無法編纂成冊。因此需要〈撰述要點〉，清楚規定每一個細部項目「需要什麼樣的資訊、字數限制、以什麼樣的文體書寫」，還得舉出具體的例子，〈撰述要點〉通常由辭典編輯部製作。

接著，編輯要按照〈撰述要點〉製作「書寫範例」，這必須和審訂者松本老師一邊商量一邊製作，才有辦法完成。寫出實際的範例後，再對照〈撰述要點〉逐一檢查是否有不符合或漏掉的地方。

當然，範本只囊括了預定收錄詞彙的一部分，雖然大多是很基本的詞條，但為了發揮範本的作用，必須要能含括多種類型。要從各式各樣的詞類中選出包括地名、人名、數字等條目和圖片。透過書寫範例及討論的過程，辭典的方向和性質才會逐漸明晰，最後定案。

只要做出書寫範例，大致就能決定字體大小、文字排列及版面設計的方向，也能算出總頁數、收錄字數和定價。

到了這個階段，便可開始邀約外部專家執筆，委託時會一併附上做好的〈撰述要點〉和書寫範例。《大渡海》才要開始製作〈撰述要點〉，這時候去邀請執筆者，按進度來說太早了點。

馬締認為在這時候打出「委託專家」這張牌是最好的策略。

不過，編製辭典的圈子很小，有辭典編輯部的出版社也沒幾家，玄武書房辭典編輯部因時尚領域資料太少，事先已經聯絡過幾位時尚專家。也因此，其他出版社辭典編輯部的合作者已經開始流傳：「玄武書房好像開始編製新辭典了。」

既然如此，乾脆順勢讓事情傳開好了。馬締大膽發出執筆委託書給各界專家，讓公司裡外明白，玄武書房辭典編輯部對新辭典是認真的。

雖然編製辭典確實需要投入龐大金錢，但辭典不同於其他出版品，既是出版社的驕傲，也是財產。有個同業的說法是，只要能編出值得信賴並獲大眾愛戴的辭典，公司便能屹立二十年不墜。辭典編輯部這麼認真投入新辭典計畫，公司竟然視而不見，還要下令中止，一定會招致「難不成玄武書房營運狀況糟到這種程度？」、「不，一定是公司只顧眼前利益才會這麼決定」等負面聲浪，到時候就算公司想挽回也不是容易的事。

「你這傢伙，想不到竟然懂得見機行事啊！」西岡看起來打算先去本館蒐集情報，在幾乎快走出辦公室門口時，才突然回頭說：「就是這股氣勢，你不用管我，盡量超越吧！」

「什麼？」

「我說的是香具矢啦！你再不使出狠一點的手段，肯定贏不了我的，哈哈哈。」

或許西岡說得對，但馬締依然不明白西岡的自信是從哪兒來的。

「世上真有如此樂觀的人啊！」

佩服地望著西岡背影的馬締，趕緊拿起話筒，向荒木和松本先生報告狀況。

中止令尚未發布，馬締等人為了搶先一步，做了所有能做的事。

西岡和佐佐木選定執筆者後，為了盡快送上執筆委託書，到處打電話詢問或登門拜訪。荒木在探視住院妻子的空檔，也忙於和公司上層交涉。

馬締和松本老師連續好幾天，為了製作〈撰述要點〉而努力奮戰著。

要定義並說明一個詞彙，得用到其他詞彙。選用每一個詞彙時，馬締的腦海裡必浮現用木頭堆疊而成的東京鐵塔，詞彙之間既互補又相搭，以巧妙的平衡搭建出屹立不搖的高塔。馬締還比較現有的辭典，參考不少已有的資料，但每每想要緊緊抓住時，詞彙卻又從指縫中溜走，崩解成碎片，消失得無影無蹤。

馬締週末整天都關在早雲莊，沉浸在思考詞彙中。他躲在一樓裡邊變成書庫的房間裡，把書攤得滿地，絞盡腦汁。

「我能更精準地說出『上』和『登』的不同嗎？」

「又是辭典？星期日也要加班，真辛苦。」

「嗯。」

香具矢和虎爺進到房裡，與馬締面對面蹲下來。因為梅之實週日公休，平常一早就出門採買的香具矢，今天一副放假的輕鬆模樣。

看慣了穿著廚師服的香具矢，馬締覺得她牛仔褲配毛衣的休閒裝扮也很好看，不自覺心臟跳得越來越快。「這就表示緊張的情緒『上』揚了吧？」雖然和對方在一起很開心，心跳卻無法維持平穩。

「這裡灰塵很多。」

「打擾你了？」

在書堆周圍繞了一圈後走近的虎爺，鼓勵似地用尾巴輕拍著馬締的腿，馬締慌張回答。

「不，完全不會。」

「有料理的書可以借我嗎？」

跟馬締的腦袋裡只有辭典一樣，香具矢放假時也想著工作。

不過，香具矢在早雲莊不下廚，因為工作以外的時間不想做菜。竹婆曾嘆氣說：「真拿她沒輒，這孩子會嫁不出去啊！」

馬締並不奢求在家裡也能吃到香具矢做的菜，所以主動煮了三人份的渣晃一番。香具矢似乎喜歡渣晃一番調理包的味道，吃得津津有味。想著自己做的料理進入香具矢的身體，成為香具矢的一部分，馬締跪坐的姿勢便略略前傾，癡癡地看著用餐中的香具矢。

希望她不會討厭這樣的我，馬締在心裡祈求著，站起來走到書架前，卻找不到料理的書。

「料理方面的書，現在應該只有這一本。」

馬締將一本《菌類的世界》，拿到香具矢面前，香具矢不太滿意地端詳著，封面是長在地面上的紅菇照片，跟怎麼烹調完全扯不上邊。

「我會再幫妳多找幾本料理的書。」馬締惶恐地補充。

「總之我先借這一本。」香具矢隨手翻閱了幾頁後，將《菌類的世界》放在一旁，說：「天氣很好，要不要出去走走？」

「去哪裡？」

「附近，後樂園好不好？」

馬締心中小鹿亂撞，靈魂飛出身體似的。「這就是『登』入雲霄般的快活啊！」馬締在心裡感動不已。

彷彿醍醐灌頂，馬締徹底明白「上」和「登」兩個字的差別了。原本混亂的詞彙突然快速聚集、有效率地重組。在馬締的腦子裡，「上」和「登」這兩座塔正以完美的平衡直入天際。

忘了同處在一個屋子裡的香具矢，也忘了對方邀自己去後樂園。馬締自顧自地不斷思考，強壓著興奮之情喃喃自語著：「原來如此啊！」

「上」強調的是往上移動所到達的某個**頂點**，「登」則著墨在由低處往高處移動的**過程**。例如，平常會用「『上』來喝杯茶」，但不會說「『登』來喝杯茶」。因為說話者的重點是喝茶的「地方」，而不是從門口移動到屋裡的「過程」。

此外，大家常說的「登山」，意思是用兩腳走上山的過程，而不是指抵達山頂的瞬間。若說「上山」，則指到山裡做某件事。

那麼「登入雲霄般的快活」呢？馬締反覆思考著當下的感受，這樣的心情用「上到雲霄般的快活」來形容確實不恰當。我的心情還在「登」入雲霄的途中，並未真正抵達雲霄。

「但是，形容心情十分興奮高亢時，倒是會用『飛舞上青天』。」

為什麼是「飛舞『上』青天」而不用「飛舞『登』青天」呢？馬締跪坐在書庫榻榻米上，雙手交叉在胸前。

我想這種時候，要說的不是心情飛上天的過程，而是強調心情已經翻高到青天之上了吧！因為心情已經比平常更高昂、「抵達」了新境界，所以跟強調往上過程的「飛舞登青天」相比，用「飛舞上青天」更為貼切。

對於「上」和「登」的差異總算豁然開朗的馬締，滿意地鬆開交叉在胸前的雙手，這才發現香具矢和虎爺早已從堆滿書的房間離開了。馬締急忙跑到走廊探看，一樓卻悄無人聲。

話講到一半我就突然掉進自己的思考世界，完全沒說話，恐怕壞了香具矢的心情吧！去後樂園的邀約會不會就這樣成了泡影？馬締立即爬樓梯上到二樓。

從竹婆的起居室傳來香具矢的笑聲，以及竹婆制止香具矢的聲音。怎麼辦，會是在笑我木訥嗎？平時不太重面子的馬締，這一刻卻覺得很丟臉。喜歡上香具矢的馬締要是被她嘲笑或當成笨蛋，就太悲慘了。但話說回來，「木訥」這個詞又是怎麼來的？很像某種樹木的名字，但應該不是吧——這種情況下馬締的腦子裡依然轉著這樣的念頭。

鼓起勇氣，拉開竹婆起居室的門。香具矢和竹婆邊吃著煎餅邊看電視，電視裡正播放著白天人氣綜藝節目總回顧。

「多摩先生好會主持，不會讓人覺得假假的。」

「妳呀，吃這麼多煎餅，中飯會吃不下喔！」

看著香具矢和竹婆有一搭沒一搭地閒聊，同時捧起杯子啜飲熱茶，馬締頓時意識到兩人即使外表不像，舉手投足間還是流露著血緣之情，一時間杵在門口不知所措。但看到香具矢是因為看著電視而笑，倒是鬆了一口氣。

終於發現馬締站在門口的香具矢，面帶笑容回頭仰望。

「事情想完了嗎？」

「對，真的很抱歉。」

「嗯，那麼走吧！」

馬締很驚訝，香具矢心中後樂園的事仍是進行式，似乎只是在等馬締想完事情。由於香具矢的反應出乎馬締的意料之外，馬締還來不及高興就不知所措了起來。

不顧沒有反應的馬締，香具矢逕自穿上外套，把錢包和手機塞入口袋。

「奶奶也一起去吧？」

「去哪裡？」

「後樂園遊樂場。」

竹婆來回看著孫女和馬締，似乎想說什麼，手裡反覆按壓著熱水瓶上的幫浦，讓熱水注入茶壺裡。馬締以眼神向竹婆求救。

「啊！好痛好痛……」

竹婆突然按著肚子彎下身軀，嚇了一跳的香具矢撫著竹婆的背。

「怎麼了？奶奶。」

「老毛病吶！」

「奶奶沒有什麼老毛病吧？到底是哪裡不舒服啊？」

「肚子痛。」

馬締蹲下來想扶起竹婆：「還好嗎？」

竹婆對著馬締閉起了雙眼。原本是想眨眼，一緊張卻弄巧成拙。

「我躺一下就沒事了，你們儘管去後樂園吧！」

「可是……」竹婆用力把猶豫的香具矢推往門外，完全不像老毛病發作的人該有的力道。「好了好了，你們就去盡情地轉圈圈、吊高高，或瞬間掉落吧！」

竹婆用這些詞描述遊樂場的設施，馬締覺得不太準確，但眼裡還是充滿了「謝謝竹婆」之意，竹婆再次閉起雙眼給馬締看。

就這樣，馬締和香具矢前往遊樂園。虎爺從暖爐桌下探出頭，用力地叫了一聲，似乎在對馬締說：加油喔！

星期日的遊樂園到處是闔家出遊和情侶，熱鬧無比。場內傳來英雄表演秀的廣播聲，雲霄飛車高分貝從頭上飛過。

日正當中。上一次來遊樂園是小學的時候，馬締忐忑不安地四下張望著。

「最近的雲霄飛車，不論體型或翻轉程度都十分驚人，真是太恐怖了。」

「你不覺得奶奶是顧慮我們嗎？」

兩人各自想著不同的事。馬締看著香具矢，香具矢也抬頭看馬締。黑色的眼眸裡藏著意志堅定的神采，閃現光芒。馬締覺得胸口窒悶、無法呼吸，腦子裡想著要如何回答，但不論查閱多大本辭典，都找不到一個適當的詞句。

「妳想玩什麼？」馬締移開視線，問道。

或許是焦點轉移得很不自然，馬締感覺香具矢輕嘆了一口氣。

「那個。」

香具矢指著旋轉木馬，雖然乘坐顏色鮮豔的木馬讓馬締覺得很難為情，但總比雲霄飛車來得好。

被不斷傳來的尖叫聲嚇出一身冷汗的馬締立即點頭。

馬締和香具矢總共坐了三遍旋轉木馬，其間的空檔則在園內散步。雖然交談沒有特別熱絡，卻也沒有尷尬到無話可說，比較確切的形容是：兩人心情很平靜。坐在板凳上的馬締偷窺著香具矢的側臉，香具矢似乎也一樣。他們一邊看著年幼的小兄弟拉著爸媽的手走向巨大彈簧床，一邊咀嚼著三明治。

「香具矢小姐有兄弟姊妹嗎？」

「有個哥哥，已經結婚了，在福岡上班。」

「我的父母也被調職到福岡很久了。」

「你有兄弟姊妹嗎？」

「沒有，我是獨子。一年能和父母見一次面就不錯了。」

「長大了就會這樣吧！」

接著聊到彼此的家人住在福岡哪裡、去福岡要吃什麼、哪一家的明太子禮盒比較可口等，但一下子就聊完了，又陷入沉默。

到處都是遊樂設施運作的聲音、恐怖的尖叫聲和歡樂的喧鬧聲，以及遊樂園播放的輕快音樂。

「我們去玩那個吧！」

香具矢輕輕推著馬締的手肘，一起往巨大摩天輪走去。香具矢的手雖然很快就放開，但馬締卻對她細長手指的輕柔觸感和力道念念不忘。

摩天輪是最新型的，中心部分沒有任何放射狀支架，只有最外層的大圓圈，宛如浮在半空中。

香具矢選的都是緩慢移動的設施。是因為不愛會令人尖叫的刺激遊樂設施，還是看穿馬締不敢玩而體諒他，馬締無法分辨。摩天輪沒有人排隊，兩人立即走進小小的包廂，天空漸漸在視線裡擴展開來，腳下的街景越來越遠。

「摩天輪是誰發明的？」香具矢的視線越過玻璃看向遠方，說：「坐的時候很開心，但結束時總覺得有點感傷。」

馬締也有同感。兩個人擠在狹小的空間裡，不，正是因為空間窄小而無法碰觸對方、直視對方，多心痛啊！即使兩人一起離開了地球表面，但她還是她、我還是我。即使看著相同的景色、呼吸著相同的空氣，心仍沒有交融在一起。

「做為廚師，有時候會有跟搭摩天輪一樣的心情。」

香具矢的手肘撐著窗櫺，臉頰幾乎要貼上玻璃。

「怎麼說？」

「不論做出的料理多好吃，最後也只是在身體裡轉了一圈又出來而已。」

「原來如此。」

把摩天輪比成食物的攝取和排泄，還真特別。但香具矢所說的感傷，其實編辭典也是一樣。

無論再怎麼蒐集詞彙、解釋定義，辭典永遠沒有完成的一天。一本辭典在完成的瞬間，沒收錄的詞彙已經開始蠢蠢欲動，從各個縫隙鑽出，化身成另一種形式來打擊我們，兩三下就能把工作者的辛苦和熱情趕跑，挑釁似地嚷著：再來抓我呀！

馬締能做的，只有在詞彙無盡變化、無限擴張的能量中，準確地抓住一瞬間的樣子，用文字記錄下來。

無論怎麼吃，只要活著就仍會感到飢餓；同樣地，無論怎麼努力捕捉，詞彙始終像沒有實體的生物，彷彿朝虛空散去的霧。

「即使如此，香具矢還是選擇成為日本料理廚師，對吧？」

就算沒有任何一道料理能讓人永遠飽足，只要有人想吃美味的料理，香具矢就會繼續端出她做的菜。就算沒有人能編出完美的辭典，只要有人想用詞彙傳達心意，我就會盡全力做好我的工作。

「是啊，我選的，」香具矢點點頭：「因為我喜歡。」

馬締眺望著漸漸變暗的天空，兩人搭乘的小包廂通過頂點，開始緩緩下降，不久就會回到原來的地方。

「遊樂場的設施中，我最喜歡摩天輪。」
雖然帶點感傷，卻隱含靜默且持續的能量。
「我也是。」
馬締和香具矢，像共犯一樣相視微笑。

「這麼說來，你沒有告白也沒有親吻她，那到底去遊樂園幹嘛呢？」
被鄰座的西岡如此責備，馬締對著辦公桌苦嘆。
對馬締的溫吞個性感到不可置信的不只西岡，今天早上連竹婆都嘆氣了。
「你說，那齣老毛病的戲我演半天，到底是為了什麼啊？」
馬締當下無話可回，只能盡量不發出聲音，咬著醃蘿蔔。
「都什麼時候了，你還這麼悠哉？」西岡不放過馬締，繼續說：「香具矢可能已經跟前輩交往了啊！」
「不會的。」
「為什麼這麼肯定？」
「我問她：『妳現在有交往的對象嗎？』她回答：『沒有，工作太忙，我之前一直無心談感情。』」

「這樣你就相信啊?真是個無可救藥的傻瓜!」

西岡激動地斷言:「她沒有明講的意思是:『我對你沒興趣。』聽好了,你不能因此退縮,一定要進一步採取行動,直接說:『就算這樣,還是請妳跟我交往。』你怎麼不想想,遊樂園一旁就是東京巨蛋飯店啊!」

香具矢說的不是「無心談感情」,而是「之前一直無心談感情」。但馬締沒有因此認為她「現在對我感興趣」,因為他沒那麼自戀。雖然很想反駁西岡,最後還是什麼也沒說。

現在是上班時間,馬締忙著做的事卻是寫情書。就算西岡和竹婆不說,馬締也知道這麼消極是不行的。但在香具矢面前真心話怎麼樣都說不出口,這一點已經得到印證。就連兩人搭乘摩天輪這麼好的時機,都沒辦法把握,看來除非被人用刀抵著逼迫:「快招出你喜歡的人是誰!」否則告白這件事,簡直不可能發生。

既然說不出口,那就用文字傳情吧!想到這個主意的馬締,以超快的速度完成了今天的工作,對著信紙絞盡腦汁,沒心思理會西岡。

「『敬啟　寒風拂來,冬日將近,值此今時,敬祝安康順心。』這是什麼東西啊!」西岡在一旁盯著馬締的情書,放下撐著頭的手肘,上半身靠上前來。「這也太硬了吧?馬締,又不是大企業的道歉啟事,不用這麼嚴肅吧!」

「這樣不行嗎？」

「放輕鬆一點，開心一點。再說，都什麼時代了還寫信，不嫌老套喔！小香應該有手機吧？至少傳個簡訊吧？」

「我不知道她的手機號碼。即使問到了，我也沒有手機！」

「問題就是你沒有手機！趕快去辦一支。不快點去的話，我就把你的綽號改成『沒力先生』，不叫你『認真先生』了。」

「那本來就不是綽號，是本名。」

吵來吵去的馬締和西岡，突然被好似從地底竄上來的巨響轟炸。

「你們到底有沒有認真工作啊？」

一抬頭，看到荒木正雙手插腰，宛如一尊表情憤怒的金剛力士杵在編輯部門口：「你們是不是想讓辭典下輩子才完成啊？」

「怎麼這麼說，我們可是超級投入耶！」

西岡站起來，讓出位子請荒木坐。馬締也趁勢不著痕跡地把情書收進抽屜裡。

「今天沒有會議，你怎麼會來？」

「我從董事會那裡得到可靠的消息。」荒木依然站著，把黑圍巾解開，說：「《大渡海》的編纂計畫可以繼續進行，但是有條件。」

馬締和西岡對看。不管公司怎麼說，辭典編輯部的人都打算完成《大渡海》，不顧一切地投入並布局，盡量避免橫生枝節，沒想到公司還是有意見而提出了條件。

「一是《玄武學習國語辭典》的修訂，還有——」

「不可能。」

馬締打斷荒木的話：「在編一本從零開始，而且收錄超過二十萬個詞彙的辭典，同時還要修訂其他辭典，根本不可能。現在應該全力投入《大渡海》的工作才對。」

「因為上面的人全都沒有編辭典的實務經驗，才會輕鬆地說出『修訂』這樣的話。」西岡也插嘴補充：「修訂和編新辭典一樣，需要耗費同樣程度的勞力和心思啊，荒木先生應該最清楚這件事的。」

「我當然明白，但不做不行。」荒木的表情像咀嚼著苦藥草般，說：「編《大渡海》需要錢，公司的意思是，編辭典的經費辭典編輯部要自己賺。」

辭典只要修訂就能再賣，修訂版和未修訂版放在一起，幾乎所有人都會選較新的版本。

《玄武學習國語辭典》是荒木和松本老師編的小型辭典，主要使用對象以中小學生為主，銷量平穩。公司看準這一點，即使去年才做過大規模修訂，還是下令辭典編輯部在短期間內進行改版。

「松本老師怎麼說？」

「老師應該能理解吧！修訂作業對《大渡海》的製作，一定也有正面幫助。」

荒木像在說給自己聽：「尤其對馬締來說，這是第一次編辭典。與其突然跳入《大渡海》的實際戰場，不如先在《玄武學習國語辭典》的修訂過程中累積經驗。」

費盡千辛萬苦才提出《大渡海》編纂計畫，眼看就要付諸流水，最懊悔的人肯定是荒木。既然都說了希望馬締先累積經驗，馬締也只能接受，沒理由再辯解。

但荒木的話中，提到要繼續編纂《大渡海》還有另一個條件。不論那個條件是什麼，馬締都只能全力以赴。重新整理了自己的思緒後，抬頭看著荒木。

「你剛才說還有另一個條件，是什麼呢？」

「這個嘛……」

荒木故意移開視線，搔著下巴難以啟齒：「沒什麼……西岡，你來一下。」

荒木先走出辦公室，馬締和西岡再度對望。

「到底怎麼了？」

「我也不知道。」

荒木的怒吼聲從走廊傳了過來：「西岡，快點！」

「好啦！雖然不知道怎麼回事，我還是先過去。你如果要回去，記得鎖門。」

西岡也走了，辦公室裡只剩下馬締一個人。他再度把抽屜裡的情書攤開在桌上，但卻怎麼也放不下荒木和西岡。總之先喝杯茶吧，馬締找了個藉口拿起杯子往走廊走去。

昏暗走廊上空無一人，把耳朵貼近隔壁的資料室的門，卻什麼也聽不見。荒木和西岡似乎已經離開了別館。沒辦法，只好走進老舊的茶水間，加了熱水後，再度回到編輯部。

接近黃昏時分的室內，比平常更安靜。馬締只開著自己座位上的日光燈，卻加深了室內的陰影，牆邊的書架看起來就像一片漆黑的森林。

把固定在椅子上的坐墊調整好，重新坐下。啜著茶，繼續思考情書該怎麼完成。內心一股不安襲來。辭典的下一步和戀愛的進展，哪一項都看不到未來。這個空間裡滿是書籍和詞彙，到底要選擇哪一個才能突破現在的僵局，馬締完全摸不著頭緒。

就算摸不著頭緒也不能停止不前，什麼都不做，局勢就不會改變。

馬締感到背後的書架有如秤砣般的沉重壓力，手上握著筆，一個字一個字謹慎小心地刻在白紙上，只為了把心意具體化。

過了晚上八點，情書總算完成。西岡還沒回來，馬締把情書放在西岡桌上，但又覺得這樣好像是寫給西岡的情書，於是又留下「請評批指教」的紙條。

關掉電燈，鎖上編輯部的大門。順便檢查資料室的門窗和茶水間的電源瓦斯。雖然編輯部沒有一件值錢的東西，但長久以來蒐集的資料和累積的詞彙，卻有著金錢無法取代的價值。不知從何時開始，也忘了是誰再三叮嚀，最後離開編輯部的同事都要養成檢查門窗和關好電源瓦斯的習慣。

把鑰匙交給玄武書房別館的警衛，馬締走出公司。口裡吐出的氣息完全變成白色，應該要把厚外套拿出來了。馬締把下巴埋進圍巾裡，走回春日的寄宿處。

回到早雲莊時，剛好在一樓走廊和正從浴室走出來的竹婆對個正著。

「你回來啦！」

泡完熱水澡的竹婆，臉頰紅撲撲的，氣色看起來很好。這讓他想到，和香具矢雖同住一個屋簷下，卻因為坐息時間完全不同，一次也沒有見過她剛洗完澡的模樣。馬締有點遺憾，隨即又覺得自己很可恥，分不清楚是對竹婆失禮，還是褻瀆了香具矢，總之在心裡默念：「對不起！」

「我剛回來。」

「今天很冷喔，要不要喝點熱茶啊？」

「那就麻煩竹婆了。」

洗完手漱完口後，來到竹婆的起居間。把腳伸入暖爐桌後，不由得深深吐了一口氣。

盤腿坐著的馬締，突然感覺膝上有個柔軟的重物，似乎是睡在暖爐桌下的虎爺爬了上來。

「遊樂園，好像很愉快喔！」

竹婆很快地準備好熱茶和裝在小盤裡的醃白菜：「香具矢很開心地跟我說了。」

「真是這樣就好了，」馬締低著頭說：「我開動了。」再用牙籤戳起白菜，一顆心卻怦怦跳得飛快。會不會，竹婆其實不贊成馬締喜歡香具矢？這也難怪，馬締原是房客，用書侵占早雲莊一樓還不夠，現在居然還將魔手伸向自己的孫女。

或許竹婆會覺得他喧賓奪主。不對不對，我才不是什麼「魔手」，我是認真地想和香具矢交往——如果香具矢也願意的話。

「我很不會聊天，香具矢大概覺得很無聊吧！」

為了不打壞竹婆的心情，馬締低調地回答，但卻難掩對戀情發展的期待。控制不了自己情緒的馬締，快速地咬著醃白菜，咔嗞咔嗞地，像天竺鼠嚼著葉子的聲音，在房裡響起。

「那孩子啊，其實有點膽小。」竹婆嘆了一口氣。

「膽小？」

馬締吞下白菜，歪著頭。總是正氣凜然的香具矢，怎麼也無法和「膽小」這個詞聯想在一起。

「和前一個男友分手的關係吧！當時對方說：『嫁給我吧！』她卻說『想繼續磨練廚藝』，拒絕了和對方一起去海外工作。」

「我絕對沒有被調去海外的問題。」

馬締不由自主挺直腰桿，被嚇一跳的虎爺伸出利爪抓了一下，馬締痛得呻吟。

「不過，香具矢的確算不上是男人眼中的『可愛女人』吶！」竹婆再次嘆氣：「香具矢像懲罰自己似的，比以前更把心思放在修業上。在京都時似乎也有過交往對象，但好像沒有下文。」

香具矢是為了和竹婆一起住才搬到東京，也因此才決定中斷京都的修業吧！竹婆似乎有點內疚。

「身為日本料理廚師，本來就要不斷學習，花上一輩子的時間也無可厚非。」馬締為了讓竹婆打起精神，故意說：「以前的交往對象也不是永遠派駐國外，對吧？如果真的想和香具矢結婚，這段期間可以先分居，或是等過幾年再結婚，總之有很多變通的方法。」

嘴上這麼說，內心卻漸漸出現一股怒火，是嫉妒。因為和這樣的男人分手，才變得放不開，才開始退怯膽小。馬締一方面羨慕那個男人，同時又看不起這種男人。

「香具矢或許適合小光這樣的人喔！」

聽到竹婆的喃喃自語，馬締訝異地抬起頭。

「妳真的這麼想？」

「嗯。有點鈍，又有自己著迷的世界，不會干涉香具矢，也不會阻擋她想做的事。對彼此都沒有太高的期待，也可以說是自由主義吧！」

這樣的關係感覺有點寂寞，不知道竹婆的話到底是不是贊同。馬締有點迷惘，但又想起之前竹婆曾說「依賴別人，也被別人依賴」，決定要不客氣地依賴竹婆。

「那麼，請不著痕跡地搓合香具矢和我吧！」

「咦？那也得顧及香具矢的感覺，很難不著痕跡耶！」

馬締從竹婆的起居間飛奔出去，從自己的房間抱著一堆屯積的渣晃一番回來。馬締除了書以外，實在沒有能賄賂人的東西，只有渣晃一番，不得不以此表達心意。

「無論如何，都請竹婆幫忙。」

暖爐桌上頓時多了一座小山，竹婆看著桌上的渣晃一番，第三次嘆了氣。

「真拿你沒辦法，能做的我會盡量試試看。」

忍住不笑出來的竹婆說。

隔天，西岡難得比馬締早到公司。

「哎喲喲，小馬締啊，我讀了喔，你的情書。」

「怎麼樣？」

「不錯啊，趕快拿給小香吧！」

一副強忍笑意的表情。

為什麼我總是讓人發笑呢？明明是很認真啊！馬締實在想不通。雖然覺得自己很沒用，還是將西岡看過的十五張信紙放入信封，收進包包裡。

「對了，昨天荒木的話，到底是怎麼回事？」

「喔，那個啊……」西岡打開電腦，開始檢查電子信箱：「沒什麼啦！」

「可是……想要繼續編《大渡海》，公司開出了條件，不是嗎？」

「沒事了。那只是上面的人在抱怨，被迫陪他們喝到很晚，真累人啊！」

馬締覺得事有蹊蹺，偷瞄了西岡側臉。荒木當時確實提到「還有另一個條件」，不可能是我會錯意吧？如果真是喝醉說出口的抱怨，為什麼只有西岡能聽呢？是因為我調到辭典編輯部的時間還太短嗎？還是因為我在的話，沒辦法暢所欲言呢？

馬締對人際關係的煩惱，簡直像個國中女生。他當然沒當過國中女生，只是推測

「很像這樣的感覺」。馬締其實知道自己的個性太一板一眼，讓周遭的人覺得不易親近，相處再久也無法和之前的每個團體打成一片。但他自認最近在辭典編輯部已經改善許多，尤其和西岡之間更是融洽，沒想到自以為融入了，眼前的狀況卻令他暗自神傷。

西岡用鼻子哼著歌，說：「喔，歷史學的西條老師已經寄稿子來了！」如果我的個性也像西岡一樣開朗樂觀、毫不畏懼，也不會在他人面前築起高牆的話，無論戀愛或工作應該都能更順利吧！看起來大喇喇的西岡，其實心思細膩，不會傷害他人，馬締早就發現這一點了。

「好！」西岡抓著外套站了起來：「我去給那些很久沒消息的老師們一些壓力。」

不是才剛進公司嗎？真是來去匆匆。

「離截稿日還有一段時間，不用這麼著急吧！」

「辭典的稿子必須特別處理，或許老師們正煩惱著不知如何下筆，早點去了解狀況很重要。」

西岡一邊發出「鏘鏘～」的音效，一邊抽出夾在手冊裡的紙張翻開，上面是委託執筆的各大學老師授課時間表。

到底是什麼時候查到的？提到出外拜訪的西岡好像變了一個人，生龍活虎。

「好厲害。」

馬締很佩服。寄來的稿子要校正修改，還要檢查用例採集卡，辦公室裡還有這麼多事要做……但他不想澆熄西岡的衝勁，所以話到嘴邊還是沒說出口。

「回來後要開會討論《玄武學習國語辭典》的修訂進度喔！」

「好！」

馬締戴上黑色袖套，開始檢查進度上今天要完成的用例採集卡。

「馬締。」

突然有人叫自己，馬締的視線上移，以為西岡已經出門去了，卻看到他還站在門口。

「是。」

「你啊，可以表現得有自信一點。你這麼認真，任何事情都會順利進行下去的。」

聽到西岡突如其來的發言，馬締訝異地把鉛筆放下。

「我也會盡我所能幫忙的。」

西岡說完這番話，這回真的消失在門的彼端。

絕對有鬼！即使被竹婆認為「有點鈍」的馬締也確信其中一定有問題。

西岡要不是突然發燒了，就一定是荒木說了什麼。

深夜回到家的香具矢發現蹲在早雲莊走廊的馬締而嚇了一大跳，背部甚至撞上剛關好的玄關拉門。

「啊！你在這裡做什麼？」

「嚇到妳了，對不起。」

馬締調整姿勢，正襟危坐著，將情書交給呆立在水泥地上的香具矢：「請收下。」

「這是什麼？」

「我的心意。」

馬締覺得自己的臉紅到耳根，匆忙站起來，說：「那麼……晚安。」

飛快衝回自己的房間，關上門躲進被窩裡。香具矢似乎上了二樓，讀了信的香具矢或許會立即前來回覆。一想到此，馬締的心跳劇烈加速，緊張到連太陽穴都快僵硬石化了。

馬締已經把心意完整地寫在信裡了，不論對方的答覆是什麼，都冷靜地接受吧！馬締躺在被窩裡盯著天花板，靜靜等候。聽到虎爺從曬衣場傳來的叫聲，香具矢房間的窗子打開了又隨即關上。四周一片闃寂，不知是魚翻跳入水，還是小樹枝掉進水裡，輸水溝渠傳來輕盈的水聲。

等著等著，冰冷的腳尖已經完全變暖了，香具矢還是沒有現身。

馬締望著窗玻璃的白霧被染上朝陽之光。

過了一週，香具矢還是沒有任何回應，兩人像往常一樣幾乎沒有照面的機會。梅之實休息的週末，香具矢好像去飯店參加知名日本料理師傅的實做現場，一大早就出門了。是在刻意回避嗎？早知道就不用寫信這種老套費時的方法了。

馬締過了悶悶不樂的幾天，即使心情鬱悶工作仍照常進行，這是馬締的優點。在編纂《大渡海》的同時，也要進行《玄武學習國語辭典》的修訂，和松本老師討論工作的進度。

「在編纂新的大部頭辭典時，總是會遇到大大小小的挫折。」松本老師平靜地接受了公司突然半途殺出來的無理要求：「但人手不足是很明顯的，要完成《大渡海》恐怕要花上好幾年啊……」

「公司真的有心要推出新辭典嗎？」平常總是看不出情緒變化的佐佐木，這次卻公開表明內心的不滿：「不但不補人，還要我們修訂，是想測試我們什麼時候才會公開抗議嗎？」

荒木和西岡瞬間交換了眼神，馬締沒有錯過這一幕。

這一週馬締在意的不只是香具矢完全沒有回音，還有西岡的態度。

馬締跟西岡說了已經把情書交給香具矢，以及她還沒有任何回音的事。既然都讓他幫忙看了情書，當然要報備一下後續比較好。西岡有時候只說：「喔！」然後笑得很刻意；有時則安慰馬締：「不要急，小香不是會忽視情書的人。」便不再追問下去，只是忙著拜訪執筆者，或製作編纂作業的行程表。以前的西岡一定會一再追問：「有沒有什麼進展？」這讓馬締越來越覺得事有蹊蹺。佐佐木等人則對突然勤奮起來的西岡，覺得不自然到令人起雞皮疙瘩的程度。

「也有一個人獨力完成大部頭辭典的前輩。」為了改變沉重的氣氛，馬締刻意樂觀地說：「至少我們編輯部不是只有一個人，大家不要灰心。」

「說得是。」

松本老師點點頭，看著可靠的馬締。

「唔，有件事，不知道該怎麼說……」西岡終於自己開口了：「聽說，我明年春天要被調到宣傳廣告部。」

「什麼！」

「為什麼？」

松本老師和佐佐木大為驚訝，西岡只是微笑，低頭不語。荒木鬱悶地接話：

「是公司的意思，認為辭典編輯部的人員太多。」

「怎麼這樣！」松本老師不由得握緊桌上的手巾綁成的結：「這樣一來，在我有生之年還真不知道能不能完成《大渡海》……」

「明明已經說了人手不足，竟還落井下石！」

忿忿不平的佐佐木搖著頭，日積月累的不滿讓頸骨發出巨大的聲響。

竟然要把西岡調走？馬締太過震驚，什麼話都說不出來。荒木是委外人士、松本老師是外部審訂者、佐佐木是契約員工。這麼一來，和公司協調交涉、主導編纂作業的人，只剩下我一個！

真的不是感嘆獨力編纂辭典的前輩實在太偉大的時候，玄武書房辭典編輯部終於只剩下馬締一個正式員工了。

這個打擊太大，內心無助到差點站不穩的馬締提早結束了工作，失魂落魄地回到早雲莊。在房裡吃完渣晃一番後，就關在書庫的角落裡。

雖然明天依然要上班，卻一點睡意也沒有。家裡沒有電視，也沒有特別嗜好的馬締，讓心情平靜的方法唯有看書。

正襟危坐在夜裡滿是灰塵的空氣中，深吸呼調息，從書架上取出如一般書四本那麼厚的《言海》。被認為是日本近代辭典始祖的《言海》，是明治時代大槻文彥一個人散盡家財、投入畢生時間才完成的。

我有這樣的氣魄和覺悟嗎？

把從古書店買來的《言海》放在膝上，小心翼翼地翻著散發出黴味的紙頁，目光停在「料理人」一詞上。

【料理人】以料理為業之人；廚子。

「廚子」這說法最近很少人用。再怎麼好的辭典也難逃過時的宿命，因為文字是活的。現在如果有人問，哪一本是最實用、耐用的辭典，「《言海》已經過時了」是必然的回答。可是，馬締又想……

《言海》對辭典的理念和熱情，是絕不會褪色的，也會一直被傳承下去。即使後繼出版的辭典種類眾多，依然有許多愛用者，尤其對辭典工作者來說，重要性更是絲毫不減。

馬締看到「料理人」一詞，腦海裡浮現的當然是香具矢，「以料理為業之人」，這個「業」是指職業或工作吧？但好像也有更深層的意義，或許接近「使命」。指有股不得不做菜的衝動，以做菜來滿足眾人的胃和心，註定走上料理這條命運之路的人。

回想香具矢的日常生活，馬締深深覺得：以「業」這個字來說明「因克制不住的衝動而選擇」的工作，不愧是大槻文彥。

香具矢、編纂《言海》的大槻文彥，還有我，或許都被這股只能以「業」來形容的力量推動著。

馬締一次又一次幻想著，如果心意被香具矢接受了，我的幸福感會高漲到破錶吧！只要一個微笑，我就會開心得快死掉也說不定。從小和運動無緣的馬締對自己的心肺功能實在沒有自信。

這不是誇大的比喻，馬締真的很懷疑自己的心臟能不能承受香具矢微笑的威力。

馬締想，或許真的不應該寫情書給她。香具矢心裡只有日本料理的修業，彷彿被料理附了身。如果情書會扯香具矢的後腿，那真不是馬締的本意。馬締自己也置身在全心奉獻給《大渡海》的命運漩渦中，跟香具矢一樣走在被命運牽動的「業」當中啊！

情書沒有回應，想必造成了香具矢的困擾。即使只是一瞬間，也不應該讓香具矢煩惱才是。凡夫俗子的戀愛，或許私密地藏在馬締一個人心中就好。

玄關傳來門被悄悄打開的聲音，應該是香具矢回來了。雖然正在自我檢討，但馬締卻像被操控的人偶站了起來，雙腳完全不聽話地走出房間，往走廊去。

「香具矢小姐。」

馬締的聲音沙啞，被叫住的香具矢，站在階梯中間回望著馬締，穿著黑外套，頭髮放下來。或許是累了，平常炯炯有神的瞳孔，今天顯現難得的睡意。
「可以回覆我嗎？」
「回覆？」
香具矢緩緩地眨了眨眼。
「當然，如果不行也請告訴我，我已經有了覺悟。」
「等一下，難道你是指之前的信？」
「是的，就是情……情……情……」
緊張萬分的馬締，好不容易才說全「情書」兩個字。
香具矢僵在原地，發出像「啊」還是「咦」的聲音，臉頰漸漸轉紅，最後小聲地擠出一句「對不起」，轉身往二樓跑去。
她道歉，應該是拒絕的意思吧！但為什麼她的臉那麼紅？既然要拒絕，為什麼不說些狠話痛快地回絕我呢？
真的好可愛！
馬締也覺得自己有點變態，但仍反覆溫習著香具矢說「對不起」時的神情。悲傷、難過、可愛、可愛到讓人生氣……馬締陷入情緒交雜的漩渦中，呆立在走廊一動不動，連外面不斷吹進來的冷空氣都渾然不覺。

過了好一陣子，穿著睡衣的肩膀感覺到一股涼意，馬締依然佇立不動。香具矢拿著浴巾和換洗衣服從二樓走下來，看到還站在樓梯下方的馬締，嚇了一跳。

「抱歉，我得先去洗澡。」快速說完後，穿過馬締身邊。

又是道歉。馬締終於慢吞吞地動起來，回到書庫，把放在榻榻米上的《言海》放進書架收好，再回到自己的房間，將窗戶打開一道縫隙後，鑽回從不折疊的「萬年被窩」裡。

拉了懶人繩，關掉房裡的燈，或許因為冷風不斷吹進來，感覺室內的溫度越來越低。

「虎爺。」

喚了虎爺，但完全得不到回應。看著黑暗天花板的馬締，再也承受不住悲傷，閉上了眼睛，但這樣還不夠，便用手將雙眼摀住。

「虎爺、虎爺。」

馬締叫喚著，最後變成嗚咽的哭泣聲，其實心裡想叫的是另一個名字。

綁在懶人繩上的鈴噹微微晃動，發出小小的鈴聲，馬締發現自己剛剛似乎睡著了。公司和早雲莊的事雙重打擊著馬締，激烈的情緒起伏讓疲勞不知不覺累積到了極限，意識則因為想逃避而暫時處於放空的狀態。

隔著棉被感覺到微微的重量和溫度，是虎爺。馬締把蓋住雙眼的手伸直，想輕撫肚子上毛絨絨的虎爺。

「你來啦？」

馬締的指尖觸摸到的感覺明顯和毛絨絨的觸感不同，同一瞬間傳來香具矢的聲音。

「嗯，是我。」

咕嚕！

嚇了一跳，嚥口水聲大得連自己都聽得到的馬締，想起身卻爬起不來。香具矢正跨坐在馬締的下腹部，上半身趴在馬締身上，臉靠了過來。剛洗完澡還濡濕的頭髮垂落在馬締的指尖，微笑的臉龐出現在微暗中。

「你的信言詞那麼懇切，我怎麼會不來？」

心臟無法承受這突如其來的發展，馬締連話都說不出來。這不是在作夢吧？用力吞了幾下口水，結冰似的喉嚨終於有了反應。

「但是，信已經給妳很久了……」

「抱歉，我一直不確定那是不是情書。」

香具矢的手指輕撫馬締的臉頰，或許因為常洗東西，皮膚有點乾乾的。

「大廚說：『我看不懂漢文啦！』前輩則一直笑。」

「妳拿給店裡的人看？」

馬締不是故意寫成漢文，但文筆可能太生硬了。想到寫滿了自己的真心話，可能辭不達意、很難理解的信被其他人讀過，就恨不得有個地洞鑽進去。

「奶奶說：『妳直接問他本人不就好了？』但你的態度看起來和之前沒什麼不一樣，讓我越來越不確定。」

態度當然一樣。從見到香具矢的第一面起，馬締的態度就一直很不自然，完全是一見鍾情的關係。

「我喜歡妳。」

馬締說的，是他這輩子最認真的話。

「去遊樂園時，我有一點感覺，」香具矢的額頭靠著馬締的胸口，放心地吐了一口氣：「但是，你什麼都沒說，什麼都沒做。」

「對不起，我沒經驗，不知道該怎麼辦。」

「不用道歉，只是我就想：『那再觀察看看吧！』……這就是我的心意。」

「心意？」

「嗯！」

和抬起頭的香具矢四目相對，香具矢開心地笑著，馬締也笑了。心跳已經達到極速，所幸沒有爆裂也沒有停止。香具矢的臉慢慢接近，把唇貼上了馬締的唇。馬締小心地不讓鼻子發出氣息，細細聞著香具矢頭髮散發出的淡淡香氣。終於能夠確定，這真的不是夢。

「為什麼你這麼僵硬？」

「對不起，因為……我沒經驗。」

「這需要經驗嗎？」

香具矢意料之外的反問有如當頭棒喝，馬締決定鼓起勇氣，採取主動。馬締的熱情和理智都渴求著香具矢，全身的每個細胞、甚至腦漿都明顯地宣告著。

馬締起身，輕輕拉著香具矢的手讓她躺在自己身邊，再蓋上棉被。香具矢取代棉被輕柔地貼在馬締身上，馬締兩手環抱著香具矢的身體。比起圓潤多肉的虎爺，香具矢的身體曲線微微起伏，觸感柔軟。

「對了，以後情書可以寫得白話一點嗎？我讀了很久才懂。」

「一定改進。」

突然想到忘了把窗戶關好，但其實一點也不在乎寒冷。

虎爺的叫聲一路穿過輸水溝渠，彷彿要掩蓋室內流曳而出的氣息。附近的貓全回應著虎爺威嚴的咆哮聲。月光明亮地灑落。

香具矢水汪汪的眼睛看著馬締，發出淡淡的光芒，美得讓馬締沉醉。

第三章

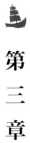

啊哈！西岡正志才走進辦公室看到馬締，馬上猜到是怎麼回事。

「早安啊，小馬締，有什麼好事嗎？」

「沒、沒什麼……」

馬締沒看西岡，低頭用紅色鉛筆修改執筆者交來的《大渡海》稿子。

辭典的稿子比較特殊，和刊載在雜誌上的文章、小說比起來，不需要凸顯執筆者的個人特色及文筆，因為辭典講究的是用簡潔字句精準說明。辭典編輯要將收到的原稿反覆讀過，統一文體，提高解說的精確度。基本上會盡量和執筆者溝通，但執筆者一開始就知道編輯會修改文句。這部分，編輯的工作量和責任十分重大。

雖然看起來一副認真地拿著紅筆改稿的模樣，但馬締其實是因為害羞而不好意思抬頭。

西岡從旁觀察著馬締，逕自下了結論。馬締依然假裝鎮定，不為所動，偶爾還得強忍愉悅的心情，在嘴裡輕咬臉頰內側的肌肉，以控制不由自主上揚的嘴角。或許是因為睡眠不足，眼睛明顯充滿了血絲，但皮膚卻異常光滑白透。

肯定沒錯！

高中時，某天早晨教室裡會突然出現有這種皮膚的傢伙。沒想到，在公司還會目睹將近三十歲的同事有這般光滑閃亮的肌膚。

一定有「什麼」。啊，該不會是進行得很順利吧！西岡脫掉西裝外套，小心地掛上椅背，不讓它出現皺摺。

大概錯不了。西岡始終摸不透女人的想法，此刻擺出幾近骨折的姿勢歪著頭想：「為什麼看上這傢伙？」顯而易見的答案是，外表帥不帥氣、存款多不多、個性是不是很吃得開，這些都不重要。女人在乎的是「對方是不是把自己放在第一位」，這符合西岡多次親身經驗得出的結論。如果女人說你「可靠」，大部分的男人都會認為自己被歸類為笨蛋。但不知為什麼，女人似乎真的認為「可靠」是最棒的讚美，意指「絕對不對我說謊，只對我一個人溫柔」。

真受不了！不，雖然很想交往，卻讓人受不了。

西岡當然不會讓女人認為「很可靠」，因為他總是會說必要的謊，也會看對方的臉色調整溫柔的程度；西岡認為這才是真正的可靠。想當然耳，跟任何一個女人都無法長久。

結果，像馬締這樣的人，才是真正受女性歡迎的人。乍看一點都不起眼，最大的優點只有認真，但有點討人喜歡，對工作和興趣熱心投入的傢伙。

嘆了一口氣後，重新打起精神，西岡開始認真寫起催稿的電子郵件。沒時間發呆了。看似只剩堅硬枝幹的櫻花樹，其實正默默地、確實地準備迎接即將到來的春天。西岡暗自決定，為了不擅長對外交涉的馬締，被調到宣傳廣告部前要盡量把這裡的事處理好。

第一次近距離觀察來到辭典編輯部的馬締時，西岡覺得「真是個超不起眼的傢伙」，但也覺得他是適合編辭典的料。雖然是西岡推薦馬締給荒木的，但心裡還是多少感到不安，「這傢伙沒問題吧？」

馬締這號人物，是從業務部的同期女同事四日市洋子那裡聽來的。

「新來的同事真噁心。」洋子停下舀著咖哩的手，皺眉道：「虧我當初還以為他是語文學碩士，很優秀呢！」

洋子算是西岡同期中比較談得來的，曾一起當過聯誼的幹事，是每隔幾個月一定會相約去喝杯酒的同伴。聽了洋子的話，西岡一派輕鬆地點頭，說：「是喔，怎麼個噁心法？」這些對話，發生在玄武書房本館地下室的員工餐廳。

「頭髮總是又蓬又亂。」

「自然捲吧！」

「不光是自己的桌子，連業務部的書架也整理。」

「是個熱心又好用的新人，不是嗎？」

「整理時像藏了橡實的松鼠，個子高大卻像個忙碌的小動物。還有啊，我們不是都要去書店拜訪嗎？他每次回來都會提著裝滿二手書的紙袋，讓人大嘆『又買了？』這傢伙真的有去拜訪書店嗎？還有，每到發薪日前，總是生啃速食麵，會不會是買了太多二手書，錢都花光了呢？」

「我哪知道。」

「噁不噁心？」

「啊，的確有點怪。」

「不論是西岡還是這個新人，公司的聘用基準實在讓人完全搞不懂。」

嘆氣的洋子把咖哩吃得一乾二淨，把用過的湯匙放入水杯裡攪拌著，湯匙沒有弄乾淨就會全身不自在。洋子是個開朗聰明的好女人，但唯有這個怪癖讓人無法接受。

「啊，糟了！」將湯匙放在托盤上的洋子，看著西岡的身後低頭說：「那個新人在那邊，不知道有沒有被他聽見？」

西岡若無其事地回頭，不遠處站著一位瘦高的男生。原來如此啊，頭髮毫無秩序地亂成一團。一手拿著托盤，好像放著三明治，另一手拿著有點發黃的文庫本，男子視線落在書上，走向餐盤回收處，卻正面和盆栽撞個正著，葉子上堆積的灰塵整個飛散開來，員工餐廳裡所有視線全集中了過來。他連撞歪的眼鏡也不扶正，反倒先低頭向盆栽道歉。

「他應該沒聽見吧！」

是個沉醉於自己世界的人，坐在西岡對面的洋子這麼分析馬締。這是西岡最不擅長應付的類型。

「我明明這麼想，卻還這麼照顧他。」

西岡坐在對面的位子上，看著吸著蕎麥麵條的馬締。上午的工作告一段落後，西岡總是會邀缺錢的馬締一起去公司附近的蕎麥麵店。「我請你。」西岡這麼說之後，馬締一定會客氣地只點蕎麥麵，津津有味地吃著。

「有什麼事嗎？」

說不出「就是你的事還用說嗎？」的西岡，只含糊地以「沒什麼」帶過。吃完麵的馬締，把熱湯倒進沾醬裡。西岡點了好久沒吃的親子丼。

「喂，真是光滑閃亮吶！」

「我嗎？」馬締吃驚地用手按著頭：「只有頭髮長得特別茂盛啊！」

「和小香進展得很順利吧？」

「託你的福。」

馬締有點想掩飾，但看到西岡銳利的目光知道無所遁形，於是將手裡裝著沾醬和熱湯的杯子放下，認真回答。

「很難相信的是，香具矢並不討厭我。她說，她不想影響我編辭典的工作，也不想因為戀愛而耽誤了自己的廚藝修行，煩惱來煩惱去時間就這麼過了。」

「唔，這樣啊，不過你終於脫離童子之身真是太好了。」

因為很多玄武書房的員工常光顧這間餐廳，西岡特地將「童子」兩字的音量放小，馬締卻一點也不以為恥地回答「嗯」，並點了點頭。

「我們談過了，結論是：正因為都不想阻礙對方，說不定能夠順利地交往下去。」

「耶？不賴嘛！」

沒想到這麼順利，真受不了。的確很適合你，馬締，不論是辭典編輯部還是香具矢。目前為止還沒有一件如此讓我入迷的事，今後也不會有了吧！

不知道馬締如何看待西岡臉上的笑容，只見他再度拿起杯子，回以明朗卻低調的微笑。

自從馬締被調到辭典編輯部，西岡就冒出「我應該會變成多餘的人」的預感。西岡進入公司以來，自認對辭典編輯的工作十分盡責。雖然對編辭典沒有興趣也沒有熱情，但是既然被分派到辭典編輯部、既然是工作，就該努力去做。

因此培養出耐得住佐佐木直言不諱的抵抗力，也事先弄清楚松本老師的處事風格和喜歡的食物，並毫不抗拒地接受荒木對編辭典的異常固執。

但還是常常被荒木罵。

「『固執』這個詞是負評，『那是對細節很固執的藝術品』這種句子根本是錯的。『固執』的意思是：『拘泥於某項細節，是一種怪癖』。」

即使一再被罵，西岡也不氣餒。「荒木先生對辭典的『拘泥』，應該不是錯的吧！」雖然想這麼反駁，但還是以「是，您說的是」來回應。

編辭典很容易讓人身陷昏暗的編輯部，結果足不出戶。為了緩和辦公室的氣氛，讓大家都能愉快地工作，西岡其實也下了不少工夫。

在辭典編輯部待了五年，總算找到自己的位置和存在意義，也對它產生了感情。不論是對辭典，還是對深愛著辭典的人。

馬締的出現卻讓整個情勢逆轉。

荒木難掩對馬締的期待之情，松本老師雖然沒有說出口，但對馬締工作的模樣很有好感。連不論是誰都直接展露本性、不假修飾的佐佐木也對馬締有著亦母亦姐的照顧。

對西岡的態度則是天壤之別。

這也是沒辦法的事。馬締對編辭典的判斷力和適任度，超乎尋常。馬締調來不到一個月，連西岡也不得不承認「這傢伙果然不是普通人」。

馬締雖然不擅言詞，但是對詞彙的敏銳度很高。西岡有一天突然提起很久才見一次的外甥，「最近的小孩好早熟啊！」才剛說完——

「對了！」馬締突然想到什麼似的，立刻開始翻閱手邊的辭典。「『早熟』通常指心智提早發達，而『早慧』指年少時便展露聰明智力。這『心智』與『智力』之間的差別，要怎麼說明才好呢？」

馬締總會想到別的事，讓對話中斷。這種時候，西岡也只好協助馬締在用例採集卡或各種辭典裡查看兩者的差異。

馬締製作的用例採集卡林立在書架上，綻放著傲人的光芒。這些字卡有效地填補了松本老師和歷代編輯部員工製作的龐大卡片的空缺。

馬締的集中力和持久力也十分驚人。在寫〈撰述要點〉和整理用例採集卡時，幾乎完全聽不進西岡說了什麼。有時連午飯也忘了吃，埋首桌前好幾個小時。黑色袖套幾乎要和紙張摩擦出火花，茂盛蓬鬆的一頭亂髮，看起來就像要反抗重力般，自由奔放著。

「最近覺得越來越抓不住東西了。」馬締笑著說。

因為翻閱大量的資料，指紋都快被磨平似的；但西岡在編輯部五年了，指紋卻依然明顯。

馬締平常看似完全不在意外表和他人的想法，但一碰到和詞彙及辭典相關的事，就簡直變了一個人，可說是「超級執著」，絕不肯輕易放棄，在編輯會議上也很有自己的想法。

西岡覺得這樣有點危險，畢竟辭典是商品，全心投入製作的態度固然重要，但還是得找到折衷的平衡點才行，無論對公司的政策、發行日、頁數、價格及為數眾多的執筆者都是。不論再怎麼要求完美，文字仍像生物一樣是活的，辭典是無法有真正「完成」時刻的出版品。如果太投入而無法自拔，就很難「到此為止吧，剩下的留給世人評斷」地及時踩煞車。

西岡很羨慕馬締，也嫉妒他，卻怎麼樣也無法討厭他。他那種異於常人的熱情，讓西岡離不開他。西岡認為唯有自己，才能在一旁守護馬締不步上險途，並引導他迎向辭典製作的商業之路。

我調到宣傳廣告部後，辭典編輯部的馬締會怎麼樣呢？

內心不安的西岡，一反常態地熱衷工作。勤於和執筆者們聯繫、迅速取得完稿、小心提醒還沒動筆的專家們「請注意截稿日」……因為西岡認為這些對外交涉是馬締最不擅長的事。

或許是西岡想太多。西岡有時會覺得，自己調走後，辭書編輯部搞不好會比想像中更穩健。馬締對辭典永不熄滅的熱情和對詞彙的鑽研，這一大武器和感受力，說不定能讓馬締順利編完《大渡海》。

想到這裡，西岡獨自生著悶氣。

在梅之實，讓人覺得「有內情」的光景一再發生。馬締更刻意地避開香具矢的目光，彆扭的是，上菜或拿盤子時手指一不小心碰到香具矢，就滿臉通紅。香具矢比以前更頻繁地喊「小光」，或許因為意識到自己和馬締的關係特殊，為了不讓人有差別待遇的感覺，馬締的小菜分量反而稍微少了一些。

這到底是在演哪一齣啊？又不是青春期的中學生，到底想怎樣嘛！

西岡的惱怒到了頂點。

荒木、松本老師、佐佐木也察覺出兩人關係的進展。

「就是這樣，編辭典也拿出這股勁吧！」

「遺憾的是沒有重演《心》的戲碼。」

「到底是什麼時候開始的？」

大家口頭上調侃馬締，實則祝福他。馬締只是彎著瘦薄的身子，含糊地應著「啊」、「沒有啦」。

「西岡，你不是也採取了攻勢嗎？」

佐佐木冷眼望著西岡，西岡只好強言歡笑。

「住在同一個屋簷下，當然是馬締近水樓台先得月囉！」

「光出一張嘴。」

「這就是西岡的優點啊！」松本老師站在西岡這邊，替他說話。

「不愧是松本老師，真了解我！」

「『光出一張嘴』也能是優點啊？」佐佐木傻眼地搖了搖頭，向櫃台說：「追加兩瓶日本酒。」

大廚正烤著鹽味烏魚，香具矢認真地看著大廚手上的動作，把日本酒送上桌的是比香具矢資深的前輩。雖然少了一點親切感，依然是個帥氣的男人。

「師傅和小香一起工作，真的沒有任何遐想？」

「遐想？什麼意思？」

「小香長得這麼可愛，工作又這麼投入，卻……」邊說邊用下巴指著馬締：「跟這種平凡男人在一起，有點可惜吧？」

「西岡，你喝醉了吧？」

馬締似乎被西岡的話影響，一心想打斷西岡的發言，雙手在桌上胡亂揮著。前輩挑著單眉，表情逗趣地說：

「因為我已經結婚了。」

有老婆也可以偷吃啊！西岡小聲回嘴。

「不過，如果你阻礙了香具矢的修業之路，我可不饒你。」嘴角上揚浮現笑容的前輩回到料理檯：「香具矢可是被寄予厚望的女弟子喔！」

「太帥了！」

佐佐木臉頰緋紅，西岡還是第一次見到。

「原來，『英俊瀟灑』就是這個意思啊！」荒木也忍不住欣賞讚嘆。

被說「不饒」的馬締，卻和松本老師討論了起來。

「『不饒，狠狠地修理』裡的『不饒』，應該是從『不放過』來的吧？」

「從日本料理師傅的嘴裡說出來，怎麼讓人有種『不被菜刀放過』的感覺哩！」

兩人愉快地聊著。

真是一點也不有趣。

「別放過最後點餐的機會喔，要吃稻庭烏龍麵還是茶泡飯，請舉手。」

西岡故意說得大聲，馬締心虛地舉手要了稻庭烏龍麵。

回到位於阿佐谷的公寓，三好麗美正躺在沙發上看電視，等西岡回來。

「你回來啦！」

「妳還是一副會把人嚇醒的醜樣啊！」

一手拿著剛脫下的外套，西岡低頭看著麗美，有感而發地說。

「你以為說這種話不傷人嗎？像你這種敲不醒的笨蛋，真讓人打從心底絕望啊！」

麗美從沙發上起身，檢查著手腳上的指甲油是否乾了。底色是珠珍白，上面貼著閃閃發光的寶石。西岡心想，這女人雖然手巧，卻只會用在上不了檯面的地方啊，嘴上回著「對不起」。

和麗美的緣分，用「孽緣」來形容最恰當不過了。

兩人最早是大學網球社的學長學妹關係。麗美雖然不漂亮，但身材好又活潑，無論異性或同性都對她印象很好。西岡也認為這學妹很可愛，彼此都清楚對方學生時代和誰交往過。

兩人關係改變是在西岡那一屆即將畢業的社團聚餐那晚，因為對彼此都不討厭，喝醉後發生了關係。

隔天早晨，看到麗美卸了妝的臉，西岡暗地裡驚叫連連。眼睛從雙眼皮變成單眼皮，睫毛也少了七成，眉毛更像晚霞般消失無蹤。坦白說，就是個醜小鴨。

西岡雖然受到驚嚇，卻沒有因此討厭麗美，反而真心佩服她「化妝技術真是太好了」，感動於她的勤於打扮。

此後，他們會去對方的公寓。在西岡面前，麗美索性把妝卸掉；西岡對麗美也不再客氣，想說什麼就說什麼。

然而，被別人問到「正在交往嗎？」時，好像只能回答「不太確定」。西岡依然去參加聯誼，順利的話也會跟別的女人上床，還有一些發展成短暫交往的關係。對此，麗美一句話也沒說。發現西岡有了女人，就不再主動出現；等他恢復單身時，才又現身。

麗美似乎也有其他男人，但因為不知道該不該問，西岡也保持沉默。學生時代關於交往對象這種事，兩人什麼都能聊，發生關係後距離反而變遠了，很奇怪的感覺。

「對方應該沒看過麗美的素顏。」想到此，西岡心裡的陰霾頓時散去。陰霾的背後是由愛而生的嫉妒，抑或只是孩子氣的占有慾，西岡自己也分不清楚。

孽緣依然持續著。

「最近因為小香實在太亮眼了，相形之下落差很大。」

「小香是誰？」

「有時聚餐去的日本料理店的人。」

「原來是美女啊！」

「難得一見的美。」

「真是不體貼的男人，差勁！」

麗美嘟著臉頰，靠近坐在沙發上的西岡。醜女擺出這樣的表情，也只是像醜女面具而已——這話到了嘴邊，終究沒說出口。雖然這麼想，但麗美身體的溫度確實能讓人放鬆，這也是不容置疑的。

麗美的頭髮飄來一股香味，似乎擅自使用了西岡家的浴室。雖然是同樣的洗髮精，但用在麗美頭髮上感覺更加甜美。麗美的身體貼近西岡撒嬌著，眼角浮現一絲笑意。

西岡見狀，毫不掩飾地說：

「還好吧，我是拿你跟『難得一見的絕世美女』相比啊！」

「我的意思是，比較是一件沒禮貌的事。」

兩個人在沙發上推擠嘻鬧著。

馬締是怎麼撫摸小香的？西岡不是有想像力的人，腦海裡沒什麼具體畫面，但卻記得香具矢一臉幸福的笑容，望著馬締的模樣。

雖說「美人三日厭」，但馬締得到香具矢，我最後就這樣和相貌普通的麗美結婚嗎？這際遇也差太大了。

下唇被輕咬著，西岡回過神來，看著眼前麗美的模樣。因為靠得很近，可以清楚望見她毫無修飾的單眼皮下的眼眸。每天早上麗美如何把單眼皮變成雙眼皮，詳細的過程西岡依然不清楚。只看到麗美一早拿著化妝包進洗手間，出來時已經是雙眼皮，每次都讓西岡覺得像是使了變身魔法。

「她不是普通的店員吧？」

麗美有點擔憂地說。

香具矢確實不是普通的店員，而是日本料理師傅，但麗美應該不是這個意思。

「什麼意思？」

「你最近沒什麼精神。那女人不只是美麗的店員，還有什麼內情吧？」在沙發上抱膝坐著的麗美，視線落在西岡的胸口：「你真的喜歡上她了，對吧？」

真是敏銳，麗美的直覺或許就是孽緣始終斷不了的原因之一。

西岡伸長手臂，把麗美抱緊。

「怎麼可能！」又故作開朗地說：「誰適合我，麗美應該最清楚啊！」

麗美略略移動了一下姿勢，從被擁抱的縫隙間抬眼凝望西岡，猶豫著要不要告訴他：

「你的脆弱，我懂。」西岡的心情似乎恢復了些，看到麗美凝視自己的模樣，心想：這種表情不適合醜女啦，只會讓妳看起來像在耍狠啊！

「我去洗澡了。」西岡從沙發上站了起來：「妳明天要上班？」

「當然啊！」

「那早點睡吧！」

因為還有點醉意，所以只沖了澡。熱水當頭淋下，西岡思考著。

麗美應該察覺到了吧！就像麗美說的，小香對我來說「不只是美麗的店員」。但就算真的喜歡過，沒有認真追求的心思也是事實。

我或許只是想要贏過馬締吧！私心妄想要是小香選了我，這種自卑感就會減輕一點，真是癡人說夢啊！其實自己一點也不信，當然更沒想過要全力追求。

西岡也有其自尊。雖然大家不怎麼指望他，雖然明知就算工作順利完成也得不到太多肯定，卻時常暗中和他人較勁。自己這樣卑微的一面，實在不想讓任何人發現。

即使麗美看穿了西岡的沒用，也不想讓她知道。

因為毫無用處的自尊心太過強大，我恐怕永遠也無法「不在乎他人眼光」。

為預防將來禿頭，西岡將生髮水噴在頭皮上，用毛巾仔細按摩擦乾後，才走進寢室。麗美已經躺在小型雙人床的一邊，閉上了眼睛。

鑽進空著的半邊床位，西岡嘆了一口氣。

雖然床有點小，但和麗美同床感覺不差。將床邊的檯燈關掉，一會兒後眼睛習慣了黑暗，可以看到窗外的街燈透過窗簾照了進來，甚至連天花板的角落都看得見，濃淡分明的藍色夜影。

「你有什麼煩惱，說出來吧！」

以為麗美已經睡了，卻突然發出聲音。西岡的臉轉向側邊，麗美的眼睛依然閉著。

「阿正現在忍得很辛苦吧？」

妳以為自己是誰啊，又不是我的女人，是想當我老媽還是老姊？我告訴妳，我們只是炮友而已！

西岡怒火中燒，差點衝動地吐出這番話，但還是忍住了。雖然如此，看著麗美緊閉的厚厚眼皮、幾乎快沉入夢鄉的神情，還是不自覺地撫摸了麗美的頭髮。

「我看起來這麼沒精神嗎？」

「嗯。」

「需要我證明我精神好得很嗎？」

「笨蛋！」

麗美用手肘推開西岡的身體，忍不住竊笑起來，西岡也跟著笑了。用力抱住了麗美的頭，鼻子被柔軟的髮絲搔得發癢，再度嘆了口氣，這次是接近深呼吸的吐氣。

兩人各自沉入夢鄉，依然聽得到對方的呼吸。

辭典編輯部調整了優先順序，轉而展開《玄武學習國語辭典》的修訂作業。一本辭典即使順利出版了，松本老師依然不敢掉以輕心，總是說：「現在才是真正的開始。」依然把每天注意到的措詞說法或年輕人的詞彙，做成新的用例採集卡。修訂作業就是從討論這些新增的用例採集卡開始，篩選出要收錄進修訂版《玄武學習國語辭典》中的詞彙。

相反地，也有「不用再收錄在《玄學》（編輯部對《玄武學習國語辭典》的簡稱）裡」的詞彙，必須從原版本中挑出後刪除。

刪除原本收錄的詞彙，比起追加新詞還要費神。因為這些已經成為半死語、或現在不怎麼使用的詞彙，無法斷定絕對沒有人會再查閱。

不慎重討論不行。決定要採用還是刪除的人，主要是松本老師和馬締，讀者回函與意見也會列入參考。實際上，使用者的意見是非常重要的依據，能讓《玄武學習國語辭典》變得更好。

製作一本辭典不只靠審訂者、執筆者和編輯，使用者更是重要的一環。必須集結這麼多角色的智慧和力量，投入漫長的時間細細琢磨，才能完成。

有追加或刪除詞彙的那一頁，往往必須調整前後詞條的字數，讓每一行的走文井然有序，不能有多餘的空白。必要時，連前後一頁都必須小心調整，讓定稿的版面看起來整齊美觀。

查閱某個詞時，有時候會出現『請參考○○』的附帶說明，但如果『○○』在修訂版中被刪除，就會找不到參考條目。這是很糟糕的情況，因為會損及辭典的權威性。所以，修訂時要一再檢查，確認是否有矛盾或前後不符之處。這項作業不僅是松本老師和馬締的事，還會請玄武書房內外的校對者一同參與。每天埋首在跟小山一樣的校稿堆中，聚精會神地用紅筆圈出問題。

此外，還要檢查追加的新詞條例句是否恰當。為此，請來專攻國語文和文學等人文科系的大學生，組成約二十人的工讀大隊，幫忙檢查例句是否忠於原典、新詞的例句是否恰當。

工讀生來的時間不一，在不影響課業的原則下，由學生自己決定工讀時間，以打卡記錄出勤狀況。工作時，在編輯部裡就著大桌、從書架上取出資料，再三檢查稿件裡的例句有沒有問題。資料管理和工作分配由佐佐木負責，荒木則監督工讀生的工作品質。

依西岡的說法，編輯部很久沒有這麼熱鬧了。他春天就要被調到宣傳廣告部，即使協助修訂工作也只能半途而廢，乾脆不插手。

但又想幫忙，只好把心思放在編輯部的空間安排上。從別館一樓置物間搬了大桌子到編輯部讓工讀生使用的人，就是西岡。嚴格說來，西岡一個人是搬不動的，多虧了警衛幫忙。資料室也整理了一遍，把空書架移到編輯部，好存放大量校稿，讓工作的動線、流程更順暢。

搬進桌子和書架時，因為編輯部的門太小而進不來，西岡索性將鍍銅手把的古老大門拆了。從警衛室借來鏍絲起子卸下門絞鍊鏍上的螺絲，絞鍊拆除後，露出歲月洗禮下依然光滑的原木色澤。

「別館蓋多久了啊？」西岡問荒木。

「應該是戰後不久蓋的，至少有六十年以上了吧！」

在這裡存在了這麼久的門，竟然被只待了辭典編輯部五、六年的我給拆了。西岡覺得這太諷刺了，暗自在心裡向門道歉：「對不起啊！」再小心翼翼地將門包起來，移到置物間。

沒了門的編輯部，在走廊就能將裡面看得一清二楚，但誰也不在意。西岡以外的人都忙著修訂作業，會在別館走廊來去的，除了辭典編輯部也沒有其他人了。

西岡的腰因而痛了好幾天，苦不堪言，連打噴嚏都需要勇氣。每次起身或坐下前，都要先用雙手扶著桌子，邊調整呼吸邊對鼓勵自己說：「走吧，加油啊！慢慢來。」

看到西岡這模樣，馬締照例用馬締的方式表達關心。某天早晨到公司時，西岡的椅子上綁著馬締原本使用的椅墊。桌上放著一條軟膏，留有一張字條：請保重！

「我又不是痔瘡！」

西岡抓起藥膏朝馬締的桌子丟過去。轉念又想，馬締也是擔心自己，說不定將來用得到，又把它撿回來收進自己的抽屜裡。

比西岡晚一點到辦公室的馬締，則抱著新花色的坐墊。

「這是房東竹婆縫給我的。」

真是的！既然有新的，幹嘛給我舊的？想到此，本來想道謝的話也吞了回去。

看著西岡坐在自己的坐墊上，馬締似乎很開心。

重要的《大渡海》編纂作業，因為修訂《玄武學習國語辭典》而處於停滯狀態。即使如此試打的樣張還是完成了，松本老師和馬締、荒木交換著意見，指指點點地說著這個不行那裡不對。

「打樣稿」是將幾頁排版好的稿子拿去試印的樣張。因為稿子要全部處理完還要很長的時間，目前能試印的只有幾頁而已。雖然如此，請印刷廠按照預先設定的印製條件打出樣稿，對掌握紙張及頁面的感覺很有幫助。

一一檢查字級大小、字體、行距是否恰當，圖片的位置是否美觀、數字和記號是否容易閱讀。

要做出好讀好查的辭典，根據打樣稿來改進編排細節和版面視覺，是很重要的一個步驟。

松本老師和馬締、荒木三人認真地圍著打樣稿，一臉興奮的樣子。雖然只是一小部分內容，但《大渡海》的具體雛型首次呈現在大家面前，確實會令人喜出望外吧！

「黑底白字的圓形數字記號，數字的部分會糊掉，似乎不容易辨識？」

「原本以為會很清楚，看來似乎不行，趕快重新選一個不同字體的數字記號。」

「喂，馬締，為什麼『香菇』這詞條的下面，是一張看起來很像毒菇的怪圖？」

「啊，那是我畫的。因為圖片來不及，為了預留位置，我先畫一張充數。」

「就算要暫代，也不能拿這樣的圖去印刷吧？」

「咦？這是香菇喔，我還以為是草莓呢！」

「明明就在『香菇』的詞條下面……太過分了吧，松本老師。」

就連這種時候，西岡也感覺自己被排除在外。

《大渡海》的完成還要好幾年。不，公司會再半途殺出什麼程咬金，誰都不敢說，被迫完全中止也不是不可能。

不論是完成或被中途腰斬，那時我都不在辭典編輯部了。

完成《大渡海》時的喜悅也好、辛苦也好，我都無法參與。但計畫開始時，明明待在辭典編輯部的人是我，不是馬締。

內心像溫泉一樣不斷湧出苦澀之情，西岡試著探尋源頭，得到一個心痛的結論：我嫉妒馬締。我擺明了沒辦法像馬締一樣全心投入辭典工作，卻又揮不去懊惱的情緒。無論怎麼振作都得不到肯定，讓他非常苦悶，心中的焦慮無法克制。

到宣傳廣告部再努力也不遲，西岡這麼對自己說。不論馬締如何後來居上或一步登天，到宣傳廣告部就活躍不起來了吧！我可不一樣，不論在什麼部門都有自信能把工作做好。去宣傳廣告部後，一定要大展身手，全力表現。

雖然對廣告和對辭典一樣沒什麼興趣。

到底要怎麼做，才能像那樣全心投入呢？是要認定自己無路可退，才有辦法全力向前衝嗎？西岡始終不解。

至今為止，西岡身邊沒有像馬締、荒木和松本老師這樣的人。學生時期的朋友們，沒有人會為了一件事廢寢忘食，西岡的確認為沉迷於某樣東西不是什麼值得驕傲的事。西岡的父親也是上班族，但他始終不明白父親到底喜不喜歡自己的工作。似乎去公司上班只是為了工作，為了養活家人，為了公司的業績，為了薪水，為了生活……

一切都是順理成章而已。

著迷於辭典的人，實在超出西岡的理解範圍。西岡甚至不確定他們是否把它當成一份工作，不但透支薪水、自費購入許多研究資料，趕不上最後一班電車也不在意，可以一直待在編輯部裡查東查西。

似乎在他們心裡有個洶湧的漩渦不停旋轉著。但真要說他們熱愛辭典，西岡覺得好像又不太對。真的很愛某樣東西的話，能夠那麼冷靜、執拗地分析，追根究柢地研究嗎？比較像是蒐集憎恨對象所有相關情報時的怨念吧？

為什麼能這麼投入，只能說是個無解之謎，有時候甚至讓人看不下去。但如果我也像馬締熱愛辭典一樣，全心投入於某件事呢？西岡忍不住如此幻想著。

那肯定會看到和現在完全不同的世界吧！那會是個光芒萬丈、甚至閃亮到讓人揪心的世界吧！

鄰座的馬締桌上攤著大大小小的辭典，拿著不知從何找來的放大鏡，專心地比較著被略微放大的數字記號，平常就蓬鬆的一頭亂髮自由奔放地搖晃著。看到這一幕，西岡忍不住想把馬締的亂髮撫平。

「我去大學拜訪老師。」

因為突然用力站起，腰痛得像被電擊。

完全沒察覺西岡咬著牙呻吟的模樣，馬締依然盯著放大鏡，對著空氣說：「唔，辛苦啦！」

「啦」什麼「啦」。

西岡雖然氣呼呼的，但因為動作太快會讓腰更痛，只好像小偷一樣躡手躡腳地慢慢步出編輯部。

冬天午後的陽光，輕柔地照著馬賽克磁磚圖案裝飾著的樓梯間。

西岡扶著木製把手慢慢爬上古老厚重的校舍樓梯，抵達四樓，在研究室門前脫下外套，單手扶著腰，另一隻手敲門。

聽到裡面的回應聲，打開門，眼前的教授正吃著便當。

「啊，是西岡呀！」

專攻日本中世文學的教授，用大方巾急忙把便當包起來。

「對不起，打擾您用餐了。」

「不會不會，我剛吃完。請坐。」

西岡順著教授的意思，拉出被書堆埋沒的椅子，坐了下來。

「是愛妻便當嗎？」

「不、不是，普通便當而已。」教授不好意思地摸著頭上均勻的灰髮：「稿子還沒寫好，真抱歉。」

「麻煩您在截稿日前完成。」

盡完提醒之責後，西岡調整了姿勢：「今天來還有另外一件事。明年度開始我就要調到宣傳廣告部了，之後將由辭典編輯部的其他同事和教授聯絡。」

教授皺起眉頭，上身略微前傾靠近西岡。表情中帶點擔憂，又似乎有點好奇，一副坐立不安的樣子。

「難不成，那個傳言是真的？」

「傳言？」

「玄武書房其實不想出版新辭典吧？所以才會裁撤編輯部的人員。」

「沒這回事，」西岡笑著說：「如果是真的，就不會請您執筆了。」

「那就好。」教授似乎放心了，但又追問：「這樣講或許不中聽，不過寫稿很耗心力，稿費卻不高。當然，辭典很重要，需要很多人的心血和投入，可是我也有很多會要開，還要做學術發表，實在很忙。如果編輯部私底下有什麼動作的話，可是會對我造成很大的困擾啊！」

「中世部分只拜託老師一位。交接前新人會來拜訪，還請老師多多關照。」

再三低頭鞠躬，西岡心裡卻不滿地批評著：大學教授，不是不知人間疾苦的蠢專家，就是光會打探小道消息、只顧政治角力的傢伙。

說到情報蒐集能力，西岡自認並不輸人。教授吃的便當可不是什麼愛妻便當，而是愛人[1]便當。

萬不得已，就用威脅的方式拿到稿子。西岡再度下定決心。

受不了教授外表一副紳士樣，骨子裡卻唯利是圖的毒氣攻擊，回家後的西岡泡在浴缸裡就這麼睡著了。驚醒時，鼻子都快被涼掉的洗澡水淹沒了。

「無論我再怎麼喜歡泡澡，妳不覺得我也未免泡太久了嗎？」西岡對著客廳裡的麗美哀怨地說：「差點就要溺死了耶！」

「唉唷，好慘喔，抱歉吶！」麗美的視線依然盯著電視：「我有想到啊，但因為在忙所以沒去看看。」

電視裡的搞笑藝人正熱絡地說著自己喜歡的家電用品，每次看都覺得這節目很奇特，但湊巧看到的西岡也不知不覺一直看下去。激動地講著自己愛的人或東西的模樣實在很滑稽，卻不令人生厭。原本只是抱著看笑話的心態隨便看看，最後卻不自覺地佩服、覺得很有趣。這和每天接觸馬締他們的心情很類似。

節目結束時，西岡和麗美坐在沙發上喝著熱茶。

1 指情婦。

「妳覺得辭典怎麼樣？」

西岡隨口問問，就像在多出的空間順手擺上一個盆栽，只是找話講。

麗美卻歪著頭，出乎西岡意料地認真。

「『怎麼樣』是什麼意思？」

「就是例如說，喜歡什麼樣的辭典，或是學生時代用過哪一本辭典之類的。」

「咦？」麗美雙眼睜得斗大，就像突然聽到來自靈界的聲音：「辭典有喜歡討厭可言嗎？」

對啊，這才對嘛，這才是正常人的反應嘛！

什麼時候開始，西岡竟也被辭典編輯部的人感染，會主動談起辭典了。這樣的自己雖然有點嚇人，但印證了一講起喜歡的辭典就沒完沒了的馬締他們果然不是正常人，反而安心許多。

「嗯，對某些人來說有。」

「哇，是喔，我連用過什麼辭典都不記得。」

麗美把茶杯放在茶几上，雙手抱著膝，「不過，說到這個，我想起了國中的事。」

「嗯。」

「英文課本裡出現『fish & chips』這片語，當時不知道是什麼意思。」

「喂，妳不是說自己生長在連小酒館也沒有的鄉下地方嗎？」

「你很煩耶，國中生和小酒館沒有關係啦！」

輕輕踢了西岡的膝蓋，麗美繼續說：「總之，我查了辭典，找到『fish & chips』的那一頁，解釋寫的竟然是『魚與洋芋片』。」

西岡噴出口中的茶。

「這是什麼解釋啊！」

「就是啊！很差勁吧？」麗美也笑了，屁股坐在沙發上，身體前後晃著：「阿正，要做出一本好辭典喔！」

突然間，一股熱流以幾乎讓人感到疼痛的速度湧上西岡的喉頭。

至今為止一直離不開麗美，一直藕斷絲連，就是因為喜歡。有時雖然比其他任何人、任何事都令我生氣，但卻無法放手、也不想放手。我喜歡麗美，就算她是醜小鴨也很可愛。

這番話，應該要從半張著的嘴裡說出來的，但麗美耳朵聽到的卻是另一個版本。

「沒辦法了。」不光是喉嚨，連眼皮都熱了起來，西岡低著頭繼續說道：「我要被調離辭典編輯部，成為宣傳廣告部的人了。」

我居然為這種事哽咽，不甘心吶，真是太丟人了。但總算能一吐為快。這段時間以來堵在心裡的憾恨和屈辱，活像吞下一塊比小石頭還要生硬的肉。

麗美沒有動靜，沉默著。之後，一句話也沒說地把西岡的頭攬近自己的胸口。

動作像在打撈掉在水面上的美麗花朵般溫柔。

收到愛人便當教授的稿子是在二月底，打開附加檔案，讀了稿子的西岡不禁慘叫失聲：「這下糟了。」

教授執筆的內容主要是日本中世文學相關的用語、代表作品、作者等。雖然委託時附上了〈撰述要點〉和書寫範例，但收到的稿子字數全部超過規定，文章也摻雜了太多個人想法。

例如【西行】這個詞，教授這樣寫：

【西行】（一一八一～一一九〇）平安時代到鎌倉時代活躍的和歌詩人、僧侶。出家前名為佐藤義清。原本是侍奉鳥羽上皇的北方武士，二十三歲時心生感悟，不顧苦苦央求的孩子，毅然出家。之後在各地旅行，創作許多和歌，「春花盛放死為伴，如月[2]滿日了無憾」現在依然膾炙人口。只要是日本人都對西行描寫的情景很有感觸，希望自己也是如此吧！巧妙地將自然和心情融入歌中，背後隱藏的無常觀獨樹一格。歿於河內的弘川寺。

我應該是日本人啊，但對教授舉的著名和歌卻沒什麼感覺。西岡很煩惱，總之先將稿子列印出來。辭典的稿子最講究的是正確、達意，可以隨意用「只要是日本人都會如何」的說法嗎？和我一樣沒感覺的人說不定會來投訴呢！

教授執筆時的心境就像「二月也要結束了，二月就是如月，對了，玄武書房委託的稿子還沒寫呢，那就來寫『西行』這個詞吧！」字裡行間透露出「隨便交差了事」的心態，讓西岡很生氣。

「喂，馬締。你覺得這個怎麼樣？」

西岡把稿子推到正用小刀削著紅色鉛筆的馬締面前，馬締邊說「容我拜讀」，邊慎重地把紙張拿到面前讀了起來，就像朗讀著國語課本的新生。

紅色鉛筆削到一半，躺在馬締桌上，馬締雖然認真地用小刀削著，但筆芯卻還是扁圓的狀態，感覺就像拿著刀在惡作劇，木頭的部分則凹凸不平。這傢伙的手真是不靈巧，西岡決定幫馬締削鉛筆。

2 指二月。

西岡待在用力讀著稿子的馬締旁，靜靜地動著小刀。時間還是早上，打工的學生還沒來，編輯部裡只有西岡和馬締，非常安靜。

刀子削進木頭，露出紅色的、尖銳的筆芯。西岡喜歡用小刀削鉛筆，讓人聯想到骨頭裡的骨髓，秘密啊、生命力啊，全都傾洩而出。他想起小學時用剛削完還帶著木頭香的鉛筆，在筆記本上畫著機器人和怪獸。總覺得手削的鉛筆能畫得更好，所以不愛用削鉛筆機。

真懷念啊，讓人想起二十年前的情景。西岡看著紅色鉛筆，檢視著削好的模樣，最前端像沒入空氣般尖銳，對於自己削鉛筆的技術一點都沒有退步很滿意，心想：「馬締還是買個削鉛筆機吧！」我真的被調走後，馬締說不定會削到手指，真危險。

「哇嗚！」

馬締發出低鳴聲，把稿子放在桌上。左手抓著頭髮，右手在桌上翻著，像是在找東西。西岡把紅色鉛筆塞進馬締手裡，馬締這時才抬起頭。

「謝謝你，西岡。但是這稿子需要大改啊！」

「果然沒錯。」

「執筆教授同意我們改稿了嗎？」

「當然啊，委託時就言明在先『有必要的話我們會修改』了。只是，這個教授很難搞。」

西岡望著稿子，說：「保險起見，我先通知他要怎麼改好了。」

馬締點點頭，拿著紅色鉛筆改了起來。

「首先，累贅的說明太多了。辭典的稿子不需要執筆者的主觀意見，只要列舉事實。此外，教授的稿子中沒有舊式假名，引用的和歌也是現代假名，與原典不符。」

「這和歌，有必要摘錄嗎？」

「這一點見仁見智，暫時先刪除吧！」

【西行】（一一一八～一一九〇）平安末期、鎌倉初期的和歌詩人、僧侶。法名圓位，俗名佐藤義清。

「西行不是變成和尚後的名字嗎？」

「西行是號，和尚的名字是圓位。」

「嗯。其實這樣就夠了，簡潔有力。接下來要怎麼改？什麼叫做『心生感悟』，每一句都讓人想挑剔一下。」

「就是啊！西行出家的原因有很多說法，好比因友人之死而感到生命無常，也有一說是失戀，但都沒有定論。」

「這是一定的啊，說不定他自己都說不清楚為什麼要出家吧！」

西岡的話讓馬締笑了。

「人對於自己的心，甚至是自己的事，確實未必都能掌握啊！」

「『不顧央求的孩子』這一幕，到底是誰目睹了？我真的很想這麼反問他。」

「這前後的文字都太含糊了，全部刪了吧！這稿子還得再多斟酌幾次，目前先這樣好了？」

原為北方武士，侍奉鳥羽上皇，二十三歲出家。之後遊歷各國，歌詠自然和心情，文字風格獨特。《新古今和歌集》收錄其九十四首和歌，為數最多，另有個人和歌集《山家集》等。歿於河內弘川寺。

原來如此。這樣就比較像辭典的說明了。看著修改完簡單明瞭的稿子，西岡滿心佩服，但馬締似乎還不滿意。

「只是，『西行』這個詞，只放人物說明對辭典來說還不夠。」

「除了人名外，還有別的意思嗎？」

「確實還有『不死之身』的意思。」

「怎麼說？」

「有段時間『西行在旅途中凝望富士山的神態』成為熱門繪畫主題，知名畫家爭相描摹。於是，『凝望富士山的西行』漸漸延伸出『西行＝不死之身』的意象。」

「簡直是歐吉桑愛說的冷笑話嘛！」

「明明是很風雅的說法。」

西岡覺得很無力，為什麼要競相描繪「凝望富士山的西行」，西岡實在無法理解，畫和尚很有意思嗎？

「其他還有……」

「還有啊？」

「有。因為西行遊歷各國，所以也有『四處旅行的人』或『流浪的人』的意思。」

西岡從書架上取出《日本國語大辭典》的其中一本，查閱【西行】這一則。正如馬締所言，不光是人物的說明，還記載了各種衍生意義。原來西行法師為人熟知，對後人來說可說是耳熟能詳。

「還有呢？」

西岡故意試探馬締，偷瞄著《日本國語大辭典》問。

「如果沒記錯的話，田螺等螺類好像也有人以『西行』來稱；能樂[3]裡有個曲目叫〈西行櫻〉；把斗笠戴在身後的戴法稱為『西行笠』；斜背在身後的布包稱為『西行包』；說不定連其忌日『西行忌』也應該要說明。」

不只《日本國語大辭典》，西岡還查了《廣辭苑》、《大辭林》來確認馬締說的是否正確。完全超越「厲害」的程度，簡直就是恐怖！

「你不會把所有辭典的內容都背起來了吧？」

「可以的話就太好了。」

馬締彷彿道歉似的縮著身子：「但是，我們沒有足夠的空間容納『西行』的所有解釋，西岡覺得《大渡海》要收錄那些意思呢？」

「『各地旅行的人、流浪的人』還有『不死之身』。」

「為什麼？」

西岡雙手交叉望著天花板。這是我的直覺反應，被你這麼一問還真答不出來。

「硬要說原因的話，現在已經很少人使用斗笠和布包了，很難想像我會背後斜背著布包走在路上，突然碰到朋友，跟我說：『你這個是西行包耶！』」

「這種狀況發生的機率應該不到萬分之一。」

「只是假設嘛！我又想到另一種『原來這樣的背法叫西行包』的情況。好比說，公司有一天突然對員工說：『明天所有員工都背西行包出勤。』」

「這種情況發生的機率連億分之一都不到吧！」

「都說是假設了咩！可是啊，收到公司命令時我一定會問：『什麼是西行包啊？』那個時候有人說明的話，就能馬上懂。換句話說，『西行包』或『西行笠』從話題的前後脈絡很容易推敲出意思，只要知道意思的人一說明，立刻能想像。」

「原來如此，也就是說特別去查辭典的機率很小。」

「還有，聽到或看到『西行櫻』時，聯想到能樂的機率也很高。很少是沒有鋪陳或前言，就突然說或寫『西行櫻如何如何』。只要推測得出和能樂有關，之後再去查《能樂事典》或相關書籍就行了。」

「『西行忌』也很容易望文生義。如此一來，只剩下田螺這個意思最難聯想了。」

「首先，現代人才不會稱田螺為西行呢！真的有人這麼說的話，只要直接問對方『什麼？』不就得了。」

「還真直接呀！」

馬締似乎討論得很愉快，西岡也毫不退縮，繼續發表著自己的看法。

3 日本鎌倉時代興起，配戴面具表演的古典歌舞劇。

「可是啊，『不死之身』這個意思就有必要收錄，而且要連『凝望富士山的西行』一起。要不然，文章裡如果出現『我是西行，哇哈哈哈』，不知道『西行＝不死之身』的話，就會完全看不懂。」

「所以你認為『四處旅行的人、流浪的人』應該收錄，也是基於相同的道理？」

「那是原因之一。」西岡猶豫了一會兒，補充說：「你想想看實際上可能發生的狀況：如果在圖書館裡隨意翻閱辭典，發現【西行】下寫著『（因為西行法師遊歷各國）有四處旅行、浪人之意。』讀到的人應該會很有感覺吧？說不定會脫口而出：『原來西行也和我一樣啊，以前也有這種一心想旅行的人啊！』」

臉頰感受到馬締的視線，西岡轉頭看去，馬締不知何時已經把辦公椅轉過來，正對著西岡。

「我沒有想過這樣的事欸！」

馬締的語氣裡充滿了熱血，西岡有點害羞，又急忙說：

「或許這不符合辭典選擇詞彙的基準。」

「不！」馬締一臉認真地搖了搖頭：「西岡，我真的覺得你被調走是個遺憾。要讓《大渡海》成為一本活生生的辭典，絕對需要你的力量啊！」

「笨蛋！」

西岡裝作沒事地回應，從馬締手上把稿子抽了回來，參考著馬締用紅色鉛筆所做的修改，開始寫信給教授。

西岡盯著電腦螢幕，盡量忍著不眨眼，怕一不小心眼淚會掉下來。太高興了！如果這句話不是出自馬締之口，只會被當成同情或安慰而已。西岡很清楚，馬締是真情流露。

西岡認為馬締是一位辭典天才，但不知變通，是和自己完全沒有交集的怪胎；現在依然這麼認為。如果學生時期和馬締是同學的話，肯定當不成朋友。

但馬締的一番話卻解救了西岡。因為不知變通，所以不懂虛與委蛇，唯一的能力是做辭典時非常認真，正因如此馬締的話才讓人信服。

我是被需要的，絕對不是「辭典編輯部多餘的員工」。

知道了這件事，讓他喜不自禁，自信心一湧而上。

馬締當然沒想到自己竟然解救了西岡，仍跟平常一樣對著辦公桌，左手梳著亂髮，右手繼續用紅色鉛筆改稿。只懂得老實說出真心話、沒有其他溝通技巧的馬締，對自己剛才的話絲毫沒有不好意思。但西岡就不一樣了，明明開心得不得了，卻假裝鎮定。

馬締果真天下無敵！

西岡深刻地體會到這一點。

被叫來大學的研究室，教授剛好又在吃愛人便當。

「西岡，這是怎麼回事？」

「您的意思是？」

西岡站在門前，殷勤又小心翼翼地詢問。

「你昨天回覆的電子郵件啊，為什麼改我的稿子？」

「委託時應該跟您說明過，我們會修改。」

「是這樣喔！」

西岡有禮貌地微笑回應後，默不作聲。

「就算是，也沒說會改這麼多啊！」

不想被改的話，寫的時候就該更當一回事啊，那種稿子怎麼能用？你到底有沒有用過辭典啊！臭老頭……

西岡笑容不減，開口說：

「真抱歉，但我們必須統一文體……請您見諒。」

「是你改的嗎？」

「不是。」雖然有點猶豫，還是決定老實回答：「是我和編輯部同事馬締討論後修改的。」

「那麼，就請那位認真先生修改所有的稿子吧，我不幹了。那樣改完就不是我寫的稿子了。」

「教授！」西岡下意識地靠近教授，說：「請不要這麼說。馬締是個值得信賴的男人。我調部門後，將由馬締真心誠意地和教授聯繫。這次也多虧了老師，我們只要統一文體即可，馬締和我都非常感謝您。」

事實上，除了文體外，根本整段內容都重新修過。但和馬締不同的是，西岡會在必要時說上八百甚至上千個謊言。

「偷偷跟您說，其他老師的稿子要改的部分更多呢！」

刻意壓低聲音、把面子做給教授，果然有效，教授的態度軟化了。

「真的嗎？」

一貫維持低姿態的西岡斜眼瞄了一下，教授正用大方巾把愛人便當包起來。「雖然如此，但稿子被改，讓人實在不太高興啊！」

你以為自己是文豪嗎？西岡的微笑快化成僵硬的雕像了，只能再三安撫教授不爽的情緒。要是教授這時候撒手不做，那就麻煩了。

辭典絕不是輕鬆地隨便做做、說說好聽話就能完成的。因為是商品，擔保品質的推薦人非常重要，審訂者松本老師的名字會放在封面上就是對品質的保證。松本老師深入參與《大渡海》的編纂作業，但有些審訂者只出借名字，甚至完全不參與編製。

每位執筆者都是從各個專門領域精挑細選出來的、有信譽的學者。執筆者的名字會列在辭典最後，只要仔細查看，就能判斷是否選用了適當的人，也能從執筆者的名聲推測辭典的精確度和細膩度。

眼前這位教授或許是個失敗的人選，西岡也很苦惱。但教授是中世文學的權威卻是事實，不能不藉助教授的影響力。調整釋義精確度的工作交給馬締來做，一定沒問題。

「好吧，只要你肯低頭道歉，要我繼續做也不是不行。」教授啜著飯後的茶：「我可沒有要求你下跪磕頭喔！」

「下跪磕頭嗎？」

「幹嘛這麼說，我都說了不用下跪磕頭嘛！」

教授的嘴角忍不住浮現不懷好意的笑，西岡知道自己的立場不宜強勢，但教授似乎等著看好戲。

真沒品！西岡盯著地板，今天的西裝是剛從洗衣店拿回來的耶！不過算了，這麼做若能消教授的氣，我跪幾次都無所謂。

西岡無奈地想曲膝，肌肉卻突然反彈，理性像閃電般劃遍全身，讓他無法移動身體。

等一下！《大渡海》豈是這麼低劣的辭典嗎？

毫無誠意地下跪磕頭，到底有什麼意義？馬締、荒木及松本老師投入血汗與心力編纂的辭典，怎麼會要我下跪磕頭來完成呢？何況，我可不是教授發洩壓力的工具。

不跪，這太蠢了，我沒有討教授歡心的義務。

西岡放棄曲膝，一隻手撐在教授的桌上、便當旁邊，身體往前傾，臉貼近教授的耳朵。

「老師，您真是愛開玩笑。」

「你、你幹嘛突然這樣？」

對方突然靠過來，教授連人帶椅想往後退，西岡卻不讓教授有逃掉的機會，另一隻空著的手牢牢抓住椅背。

「我很清楚，老師不是那種會測試別人誠意的人。下跪磕頭什麼的，想必是開玩笑吧！」

教授也察覺出苗頭不對，只能「呃……對……」地支吾其詞。

「不過，我不喜歡這種玩笑，也從來不做試探別人的事。」

明明討論「西行」時才試探過馬締的實力，西岡仍面不改色地繼續威脅對方。

「比方說，如果老師有愛人的話……」

「什麼！」

教授從椅子上彈了起來。

「我是說『比方』嘛！」

真愉快啊，原來戳人痛處這麼有趣。沉睡中的嗜血心態被激發，西岡嘴角浮現惡人似的奸笑。

「你緊張什麼呢？」西岡的手從桌上移開，貌似不經意地摸著便當盒：「我知道愛人的存在，也知道她是誰，還知道她怎麼把老師照顧得服服貼貼。」

「為什麼你會……」

「編辭典需要很多人協助，為了讓大家各司其職，少不了要蒐集點情報啊！」

西岡可不是毫無目的地去拜訪各大學。去大學拜訪教授時，還會特地到助理們聚集的休息室送上伴手禮、表示慰勞。現在正好收割成果。

「不過，我不打算拿這件事來威脅老師，因為老師和我一樣知道『品德』兩個字怎麼寫。」西岡的手離開便當盒，挺直背、後退一步，說：「這個話題就到此為止吧！」

教授默默地不停點頭。

「謝謝。那麼，請同意我們調整稿子。」

已經沒必要再來這裡了。西岡向右轉，避開滿是書堆的小山，走出研究室。握著門把時，突然回過頭：

「老師！」

被點名的教授，像可憐的小動物般害怕地看著西岡。

「我同事馬締一定會編出受讀者喜愛且長久信賴的辭典。老師的名字會被放在執筆者裡，但實際寫稿的人可是馬締。」

「太無禮了！」

果然激怒了教授，事實被說穿後教授的臉瞬間慘白，氣得發抖，說：「你到底想說什麼？」

「老師現在看重名聲勝過事實，真是識時務者為俊傑啊，告辭。」

西岡關上門，踏入昏暗的走廊。雖然覺得自己話說得太重了，但還是忍不住邊走邊笑了出來。

啊！真是太爽了。之後教授若要發飆，我就揚言把他除名好了，誰理你。

《大渡海》的計畫是不會被這種小事影響的，投入編纂作業的馬締他們，信念比地心還堅實，比岩漿更火燙。即使和教授發生了摩擦，也不用放在心上，《大渡海》會毫不猶豫地繼續往前航行。

而我呢，這個春天就要調部門了，往後就算有衝突也只能交給馬締去處理。幫不了你了，馬締，加油吧！

雖然這麼置身事外地想著，但西岡暗自下了決心。

我可是捨名求實的人。

荒木常說「辭典是團隊的心血結晶」，現在才明白真正的意義。

我才不要像教授那樣馬虎敷衍，只想讓名字印在辭典上。不論去到什麼部門，我都要盡全力協助《大渡海》的編纂，不掛名也無所謂。就算在編輯部完全被除名、半點痕跡也沒留下，即使被馬締說：「西岡？這樣講我才想到，好像真的有過這個人。」也在所不惜。

重要的是做出一本好辭典；重要的是以公司同事的身分，全力支持這些為辭典奉獻一生的人們。

西岡走下樓梯，出了研究室大樓。冬天午後的淡白色陽光照在校園裡，葉子掉光的銀杏樹枝，把天空切割出大大小小的裂痕。

以熱情來回應別人的熱情。

至今一直因難為情而逃避的事，一旦決定「就這麼做吧」，心情竟意想不到地既輕鬆，又雀躍。

西岡回到編輯部，向馬締報告了和教授之間的始末。馬締停下手邊的工作，聽完後看著西岡，眼裡滿是尊敬之情。

「太厲害了，西岡，你好像恐嚇犯喔！」

馬締的表情和說出的話落差太大，西岡一時不知如何反應。

「等等，對於我剛剛說的事，你只有這個感想？」

「是。換成我的話，不是唯唯諾諾就是真的下跪，只能被教授耍得團團轉啊！」

馬締沒有諷刺或是挖苦的應對技巧，似乎是打從心裡讚賞。

「我說馬締啊……」

「是。」

西岡將辦公椅旋轉了九十度，和面對著自己的馬締雙膝相對。突來的轉動讓椅子上的坐墊歪了，想不到西岡也有神經質的一面，馬上把坐墊調正。馬締說完「是」之後，靜靜坐著等西岡開口。

終於把坐墊調好，西岡開始侃侃而談。

「我的意思是，教授可能會因為我的惡劣而遷怒於你。」

「沒關係吧！」原來是擔心這個啊，馬締似乎不以為意：「你說得對，教授的確是重名輕實。」

「如果他要求不列入執筆陣容呢？」

「那就拿掉他的名字。」

馬締冷靜果決的語氣讓西岡十分詫異。馬締也察覺自己話說得太直，苦笑著補充：

「對不起，要求對方拿出同樣或更認真的態度，是我不對。」

不，西岡不確定地搖著頭。對某件事真心喜歡時，要求也會理所當然地變高，就像沒有人會完全不在乎心愛的人的反應吧！

但又覺得，馬締心中那股漩渦般的情感，濃度和密度真不是普通地高，要持續回應馬締的期待和要求實在很難。

你啊，外表看起來瘦高輕飄，靈魂卻擁有過多熱量。西岡暗自嘆了一口氣，小香真辛苦，要和這樣的馬締交往。辭典編輯部之後若有新員工，也應該會很辛苦吧！

稍微放鬆一下吧，馬締。不然，你身邊的人總有一天會窒息。太高的期待或要求可是毒藥，你也會因為得不到預期的反應而弄得筋疲力盡。最後只好放棄、不依靠別人，自己一人孤軍奮戰。

西岡沉思時，剛好到了下班時間，馬締反常地收拾東西準備回家。

「怎麼，要走了？」

「香具矢今天第一次掌廚一道滷菜，我要去梅之實吃看看。」馬締露出笑容，把資料和稿子塞進公事包，說：「要不要一起去？」

馬締的戀愛之火，會連滷菜都燒焦吧！

「你去吧！」

西岡揮揮單手，示意馬締可以走了。

馬締對著工讀生說：「今天我先告辭了！」紅著臉、有禮貌地低頭致意。

等馬締出了編輯部，西岡才轉回辦公桌前，開始製作交接資料。

接替西岡的人，不知道何時才會到職，或許正職員工只有馬締一人的情況會持續好幾年。

但為了以防萬一，西岡提起精神，聽著背後工讀生們默默發出的作業聲，敲起電腦鍵盤。再碰到今天這種強勢又無理取鬧的教授，馬締肯定應付不來，對外交涉時，馬締絕對需要一位得力助手。西岡想把自己知道的一切，毫不保留地留給不知哪一天才會報到的新成員。

執筆者那麼多，每個人都有自己的怪癖、喜好、弱點、身分地位、私生活，西岡把至今為止蒐集到的情報一一輸入電腦中。可能發生的摩擦、要採取什麼樣的對應方式，都詳細地在腦海裡模擬一遍，再記錄下來。

把完成的文章印出來，收進藍色檔案夾裡。如果流出去就不妙了，西岡刪掉電腦裡的檔案，在檔案夾上用麥克筆寫著大大的：

㊙限辭典編輯部成員閱覽

這樣的檔案已經很有可讀性，但好像還少了些什麼。

西岡沉思半晌，才「對了！」地拉開辦公桌抽屜，取出馬締寫的情書。馬締請西岡講評的情書，被西岡私藏了一份影本。

看著整整十五張信紙、洋洋灑灑的大作，無論讀多少次都令人發笑。笑到肩膀不停抖動，引來一名工讀生訝異地盯著看。西岡趕快假裝沒事地收緊臉部肌肉，開始尋思適合藏匿情書的地方。

書架雖然好，但夾在書和書之間很快就會被發現吧！西岡假裝找書，其實在模擬最佳的藏信位置。最後決定把它貼在《書信指南》、《婚葬禮俗常識》等雜學書架的書擋底部。

藏好情書、回到座位的西岡，在檔案夾的透明資料頁最後補放了一張紙條，上面寫著：

辭典編累了嗎？想放鬆一下嗎？

碰到這種狀況的編輯部同事，請洽西岡正志：masanishi@genbushobo.co.jp。

這樣就大功告成了。西岡把㊙檔案放在書架顯眼的位置上。

收好東西拿起公事包，發現已經過了晚上九點，學生們幾乎都回去了，只剩下兩個工讀生，於是對他們說：

「今天就到此為止吧！回家之前，我請你們吃飯。」

「太好了！我想吃中華料理。」

「我想吃燒烤。」

工讀生高興地搶著說。

「這樣我會破產，別啦，就拉麵或牛丼吧！」

「唉唷……」

「這麼小氣！」

嘴上雖然抱怨著，卻滿臉笑容。西岡檢查過瓦斯、電源後，關掉辭典編輯部的電燈。

編輯部的門已經拆掉了，所以只要把一旁資料室的門鎖上即可。

待整理的龐大詞彙，似乎流洩在夜晚的走廊上。

「辭典這份工作，做得開心嗎？」

走在通往別館出入口的通道時，西岡這麼問。

「很開心啊，對吧？」

「嗯。剛開始時覺得很枯燥，一做下去卻又忘了時間。」

沒錯，我也這樣覺得。西岡無聲地表示贊同。

在有限的人生中，能和大家一起合力航向又深又廣的文字大海，雖然戰戰競競，但很快樂。我不想放棄。為了追求真理，花再久時間也想繼續乘坐這艘船。

學生們走出通道後，猜拳決定晚餐吃拉麵還是牛丼。西岡在一旁笑笑地等待勝負結果。

突然腦子裡萌生一個念頭：向麗美求婚吧！

雖然完全無法預料麗美會怎麼想、有什麼反應，但我再也不要閃避心中的熱情……西岡不想再打馬虎眼了。其實很早以前就覺得，不能和麗美以外的女人上床也無所謂，這個想法今後應該不會改變。他想讓麗美知道這份心意。

晚餐決定吃拉麵，雖然有點擔心求婚時會滿嘴大蒜味，但對象既然是麗美，都在一起這麼久了應該不會介意吧！於是拿出手機傳了簡訊：

忙了一天，辛苦了。妳在哪？如果在我家，別走，等我回去。如果在妳家，那我可以去找妳嗎？吃完晚飯就過去。

走在神保町的十字路口，外套口袋裡的手機振動，提醒著新訊息：

你也辛苦了。我今天在家，什麼時候來都可以，不用急，我等你。

西岡微笑地讀了兩遍，沒有任何表情符號，麗美的文字和平常一樣，比想像中還要老派。但卻似乎聽得見麗美的聲音，一股溫暖的氣息傳來。

文字和詞彙真是不可思議。

「兩位，為了替景氣加分，可以加一顆溫泉蛋！」

「為什麼突然這麼好？還扯到景氣？」

「西岡先生，那可以加點叉燒嗎？」

「允許！」

收起手機的西岡，催促著學生，愉快地鑽過拉麵店門簾走進店裡。

第四章

在玄武書房工作三年，岸邊綠第一次進入本館旁的別館。前腳才踏進去，就連打了三個噴嚏。

岸邊會因為氣溫劇烈變化而不適，也對灰塵過敏，只要走進溫差很大或打掃不夠乾淨的房間，噴嚏和鼻水就停不下來。玄武書房別館充滿了各種過敏源，推開厚重木頭大門，昏暗的走廊上一股冷空氣襲來，有種圖書館才有的、紙張的霉味。

和本館大樓的現代新穎有著天壤之別，岸邊心裡一陣不安：真的可以在這裡工作嗎？雖然知道公司有棟別館，但一直以為只用來堆放物品。可能是古老的西洋風木造建築給人這樣的錯覺。

進來後發現，別館老舊歸老舊，卻仍有使用中的氣味。不論是木頭地板或看得見內側的樓梯扶手，都變成深麥芽糖色。牆壁漆成白色，挑高天花板呈現出美麗的拱形。岸邊敏感的鼻子雖然很癢，但走廊的角落卻沒什麼灰塵，看得出來每天都有人打掃。

「請問，有人在嗎？」

岸邊對著走廊盡頭喊。

「什麼事？」

聲音從身旁傳來，嚇得岸邊差點跳起來。忐忑地往一旁看去，因為昏暗和緊張的關係，沒注意到玄關靠牆處有個小窗戶，裡面坐著一位像是警衛的大叔。玻璃窗上貼著一張褪色的手寫紙：「訪客登記」。看起來是個小房間，大叔正一邊吹著電風扇一邊看電視。

本館入口的登記櫃台是金屬感十足的現代風，由笑容滿面的女同事迎接訪客，和這裡簡直是天壤之別。岸邊在心裡嘆了口氣，報上自己的名字。

「我是——」

還沒說完，大叔已經隨興地揮揮右手，說：「二樓、二樓。」

關上小窗，小房間裡的大叔回頭繼續看電視。

依照大叔的指示，準備走上二樓，岸邊的鞋子在走廊上發出聲響。走在本館的磁磚地面時，八公分高的跟鞋發出清脆悅耳的聲音，但踏在別館的木頭地板上，聲音卻像小鳥啄著飼料般含糊不清。

每走一步，身體的重量壓上樓梯，不穩地發出軋軋聲。難道我變胖了？腰圍應該沒有變，倒是最近因為壓力而吃了不少甜點。只好掂著腳爬樓梯，一步步小心翼翼地往上。

陽光穿過走廊的窗戶灑進來，二樓看起來稍微明亮。眼前好幾個房間，只有一間的門是打開的，岸邊朝那裡走去。

走近才發現，不是門打開了，而是根本沒有門。室內一排排書架林立，每張桌子都被成堆的紙山占滿。岸邊接連打了三個噴嚏，猶豫著該不該走進去，因為不用看也知道裡面是灰塵之家，而且從剛才就不斷傳出奇怪的聲音。

「啊……嗚……啊……嗚……」

低沉的聲音不間斷，他們養了一頭正在生產的老虎嗎？

「嗨，我等好久了。」

小心翼翼探頭望著房間，身後突來傳來了人聲，嚇得岸邊輕輕叫了一下。轉身一看，剛才明明渺無人跡的走廊上，突然站著一個女人。這位看起來約五十幾歲的女士，體型細瘦，戴著眼鏡，站姿透露出一絲神經兮兮的氣息。

「我是……」

「我知道。」

岸邊這次還是來不及報上名字。女士走過岸邊身旁進入房間內，一邊撥開兩邊的紙山一邊往前走。

「主任！馬締主任！」

像回應女士的呼喚似的，「啊嗚」怪聲停住了。不一會兒，辦公室最裡面的紙山倒了下來，出現一個男子。

「是，我在這裡。怎麼了？佐佐木小姐。」

站起來的男子臉上留著像是紙痕的紅色印記，看起來之前是趴在桌上睡著了。他也是幾乎不長肉的瘦長體型，但和剛才那位叫佐佐木的女子又不同，站沒站相、襯衫滿是皺摺，看起來像自然捲的頭髮，髮量多到無法整理。

看見男人蓬亂的黑髮中，夾雜了幾根白髮，岸邊暗忖，這個男子大約四十歲吧！年紀老大不小了卻不修邊幅，是怎麼回事？主任這個模樣，難怪玄武書房辭典編輯部會被公司的人暗地批評為「是個光吃紙的米蟲」啊！

男子沒有一絲主任威嚴，伸手在桌上四處探尋，好不容易才找到眼鏡戴上。看到岸邊，又繼續在桌上東翻西找。

他到底在做什麼啊？岸邊看著佐佐木，眼神好似在詢問著，應該先打招呼還是不要打擾他呢？佐佐木面無表情到「無我」的境界，完全沒有催促男子的意思，只是站著。岸邊沒辦法，也只好等著男子的動作。

「找到了！」

男人歡喜地說，拿著銀色名片匣走近岸邊。因為地上也是成堆的紙山，不得不小心繞路，所以又花了一點時間。

「妳好，我是馬締光也。」

遞出的名片上印著：

株式會社玄武書房　辭典編輯部
主任　馬締　光也

站在眼前的馬締比想像中高，馬締彎腰看著岸邊，雖然眼鏡底下的眼睛看起來很睏，但黑得發亮。

岸邊急忙從襯衫口袋裡拿出自己的名片匣，是剛找到工作時犒賞自己的愛馬仕茶色小牛皮款，裡面放著剛出爐的新名片。

「我是今天開始被調到辭典編輯部的岸邊綠，請多指教。」

一邊想著，沒聽過同公司的人要交換名片的。佐佐木僅以口頭自我介紹。

「我是佐佐木，主要在隔壁的資料室工作。」

看吧，主任果然很奇怪。岸邊稍微放了心，一邊跟佐佐木打招呼的同時，把名片匣收進口袋裡。

辭典編輯部沒有其他員工了。原以為還有其他外出洽公的同事，沒想到只有馬締和佐佐木是全職，加上岸邊總共三人。

「其他還有審訂的松本老師和外聘的荒木先生。」

馬締微笑著說。只有三個人的部門，竟然還需要主任，而且滿臉堆笑的馬締看起來毫無野心，岸邊忍不住小看他，原本已經貧弱的衝勁因此更枯竭了。之前聽說是「大案子」，現在看起來根本就是發配邊疆。

我是不是犯了什麼大錯啊？

又想起這苦惱多時的疑問，岸邊的心情沉了下來。

剛進公司前三年，岸邊任職於女性時尚雜誌《*Northern Black*》的編輯部。出版社的主力商品多半是以二十來歲女性為目標讀者的時尚雜誌，《*Northern Black*》算是賣得很好的一本，所以，《*Northern Black*》編輯部是玄武書房最紅的部門，一塊閃閃發亮的金字招牌。

岸邊念書時就很愛看這本雜誌，得知被這部門錄用時，真的非常開心。認真地向打扮時髦的前輩們學習，不錯過最新的時尚資訊，在能力範圍內盡可能穿得好一點。沒有實際穿過，就沒辦法真正瞭解名牌衣服設計上的細膩之處。

不論趕稿多累，回到家仍不忘保養皮膚；為了準備採訪，就算內容再無聊也會用心讀完明星的自傳。即使被大學同屆的男同學說「只有你一個人一帆風順」，而遭到排擠，依然不氣餒地努力工作。

為什麼我會被調到辭典編輯部呢？被調到這個離好萊塢明星專訪及巴黎時尚伸展台後台模特兒鬥爭最無緣的邊境部門。

這兩個部門簡直像地球和巨蟹星雲一樣遙遠，自己到底要做什麼、能做什麼，完全不知道。

好孤單，好無助。

馬締和佐佐木悠閒地扯著無關緊要的話題，完全不知道岸邊的心情。

「你剛才好像作惡夢了喔！」

「是嗎？對了，我夢到二校稿裡竟然摻雜了正體字以外的字體。」

「是喔，雖然只是夢，但還是不舒服。」

「真是名符其實的惡夢。」

正體字？雖然不太知道那是什麼意思，但聽起來，不論對話內容或說話節奏都有點偏離現實。岸邊吞吞吐吐地說：「呃……請問我應該做什麼呢？」

之前的工作模式是自己找事做，但因為雜誌和辭典實在相差太遠了。不從編輯流程學起的話，就沒辦法參與辭典編輯部的工作。

但馬締卻回答：

「不用急，慢慢來吧！」

這句話是暗示著對我沒有期望吧！這讓岸邊很沮喪，但馬締的語氣聽起來沒有惡意，而且一臉認真地說：

「今晚有岸邊小姐的歡迎會，硬要說的話，請在六點以前保持胃腸和肝臟的最佳狀態，這是岸邊小姐今天的工作。」

「妳的東西在那裡。」佐佐木指著辦公室一角，從《*Northern Black*》編輯部送來的幾個紙箱堆在角落。「選一張妳喜歡的桌子，如果需要幫忙，再跟我說。」

說完佐佐木便走出辦公室，應該是回到隔壁的資料室去了吧！馬締看起來不怎麼熱情，但也不像壞人。該不會一直盼著岸邊來報到，但真來了又不知道該怎麼接待吧！

但「喜歡的桌子」是怎麼回事？岸邊環顧四周，編輯部裡每張桌子上都堆滿了書和紙，讓岸邊不知如何是好。

馬締已經走回自己的座位。桌上一落一落地堆滿許多校對稿似的紙張，幾乎占去了所有空間，連電腦都被上面垂下來的資料蓋住。縮在那樣的位子上，看起來就不太舒服。桌子周圍的地板上也堆滿了書，幾乎要把坐在椅子上的馬締淹沒，看起來像個堡壘或冬眠野獸的巢穴。

岸邊從「書堡」縫隙偷看馬締的模樣，馬締的辦公椅上綁著一個花樣老舊的坐墊。該怎麼稱呼呢？傷腦筋。這裡平常只會有岸邊和馬締兩個人，叫「主任」似乎太正式了。

「馬締先生。」

「是。」

馬締從書本裡抬起頭來，書上印著類似古埃及神殿裡的象形文字。應該只是在欣賞吧？不會真讀得懂吧？岸邊楞了一下。到底應該用哪一張桌子才好，突然問不出口。

馬締的頭依舊抬著，等岸邊說話。

「正體字，是什麼呢？」

岸邊忽然問了一個讓自己後悔的問題。想也知道是辭典相關用語，馬締看起來是個怪人，外表認真嚴謹，說不定很容易生氣。竟然來了一個連這個都不懂的新人，完全派不上用場啊！

跟岸邊想像的不一樣，馬締平心靜氣地回答：

「基本上是指《康熙字典》裡正規的字體。」

意思不懂就算了，現在又出現沒聽過的詞彙：「康熙字典」。馬締似乎察覺到岸邊的疑惑，把書放在膝蓋上，從手邊的紙山裡抽出一張紙，在背面書寫起來。

「例如『揃』這個字，電腦打字轉換成漢字時，不注意的話會變成『揃』。仔細看就會發現，市面上的小說或辭典，幾乎都是用『揃』。『揃』是正體字，『揃』是俗體字。校對工作就是要檢查校稿裡的正體字。」

岸邊慎重地比對著馬締寫的「揃」和「揃」。

「正體字的『月』字，裡面的橫線是斜的。」

對了，以前《*Northern Black*》的稿子經常被校對者指出漢字的問題。但時尚雜誌重視的是商品的特色是否能透過印製完美呈現，或店鋪等資訊是否正確無誤。岸邊從來沒想過校對者指的是什麼，也不知道還有正俗字體的差異。

「手寫時，倒是用『揄』就可以了。」

馬締的視線再次落在書上：「這裡指的正體字，不是錯字的相反，而是指印刷上的正統字體。辭典使用的漢字基本上都要用正體字，至於『常用漢字表』和『人名漢字表』裡的漢字，則用新字體來表示。」

常用漢字表？又是沒聽過的名詞。總之，辭典的編製必須依據許多細項規則，連一個漢字都要很小心注意——至少這件事是清楚的。

我做得來嗎？岸邊覺得自己快要昏過去了。剛才硬抽出的紙張，讓桌上的紙山失去了平衡，整個倒在馬締的手邊。

岸邊接連打了五個噴嚏，想擤鼻子，但想在這間辦公室裡找到面紙肯定要花上不少時間。

為了讓自己有舒適一點的工作空間，岸邊沒有先拆箱，反倒打掃、整理起辭典編輯部來。

七月初的這時節，恐怕很難買到口罩，但最近新型流感發威，公司附近的便利商店也能買到不織布口罩。

也買了工作用手套，戴上兩層口罩，岸邊開始打掃。馬締問「需要幫忙嗎？」岸邊堅稱不用。雖然才剛見面就這麼武斷地拒絕不太禮貌，但馬締看起來就是一副幫不上忙的模樣。

馬締安靜地回到座位上繼續工作，實在不明白是什麼樣的工作，只知道他埋首在象形文字的書裡，做著筆記。岸邊假裝不關心，卻找機會偷瞄，看到他寫了一句「國王的鳥奔向夜裡」。不會吧，他真看得懂象形文字？

大掃除比想像中有意義多了。

把書、校對稿、文件逐一分類，堆在作業桌上。大致整理好後，再請馬締判斷哪些是可以丟的。書放回參考書籍架上，文件則歸檔回事務類置物櫃，不要的紙張用繩子捆好放到走廊。

必須好好保存的校對稿是最花工夫的。做一本辭典至少要完成五次校對，從初校到五校，這五份校對稿會在編輯部和印刷廠之間來來回回。校完的樣稿被送回印刷廠，印刷廠一一更正後，再出一份新的校對稿送回編輯部，這樣的作業得重複五次。

編製雜誌，如果沒有太大問題，只會進行一次校對。即使有問題，最多也只到二校就結束。看到蓋上「五校」戳印的校對稿，岸邊十分訝異。校對稿是請印刷廠印的，當然不是免費。編辭典實在是一件花時間、花心血、耗金錢的大工程啊！

前面堆的紙山似乎是漢和辭典《字玄》修訂版的校對稿。從三校到五校都有，我可要小心別弄混了。每個校次要分別依照頁數順序捆成一落，又因為實在太厚了，還得在適當的頁數斷開，別上大大的迴紋針作為區隔。

花了老半天，只打掃完桌子四周。《字玄》校對稿因為整理不完，還堆在作業桌上。不過，還是覺得清爽許多，也看了很多編輯修改過的稿子。

岸邊打掃得很順手，接著拆開運來的紙箱，把自己的文具、檔案、電腦放在離馬締最遠的一張桌子上。跟打掃相比，自己的東西一下子就整理完了。岸邊原本就是個井然有序的人，不先把環境整理好就無法安心工作，因此個人物品也總是盡量簡單。

「差不多要出發前往餐廳了。」

過了五點半，馬締起身伸展筋骨。

「哇，變得好整齊啊！」看著編輯部的樣子，馬締不斷地點頭：「參考書籍也依序放回原來的書架上了。」

「我從小學到高中一直擔任圖書館委員，大概猜得出原本存放的位置。如果有放錯請盡量指出。」岸邊拿下口罩，有點害羞又有點自豪地說。

一動手整理，就停不下來。早上用心捲好的頭髮，因為流汗而變直了；精心挑選的高級套裝，也沾滿了灰塵。

「岸邊小姐，妳很適合編辭典這份工作呢！」馬締佩服地說。

岸邊慌張地揮了揮手，說：

「怎麼可能！我連正體字是什麼都不知道，以前校稿也幾乎都交給校對者。」

「這些事之後再學就可以了。」馬締微笑道：「雜誌和辭典的工作重點本來就不一樣。如果突然要我校正時尚雜誌的顏色，我一定也會不知所措。」

「我哪一方面看起來適合編辭典呢？」

為了增加一點自信，岸邊打破砂鍋問到底。

「反應快，又能把東西正確收納在固定的位置。」

「啊？」

原來他是認可我的打掃能力啊，真洩氣！要肯定的話，至少肯定個像樣點的能力。

話說回來，這裡聚集的應該都是適合編辭典的人啊，應該也擅長整理收納，那為什麼辦公室裡亂七八糟，東西散置得到處都是呢？這不是很矛盾嗎？

馬締似乎察覺岸邊的疑惑，苦笑道：

「平常其實沒有這麼亂。因為《字玄》的修訂作業正要收尾，又突然展開《索鬼布大百科》的編輯作業，這陣子才會突然雜亂無序。」

第一次聽到現代人講話會用「雜亂無序」這樣的成語，岸邊一時不知該如何反應，一臉茫然。不，馬締剛才好像說了一個比「雜亂無序」還怪異的字眼。

「索鬼布？」

岸邊以為自己聽錯了，像鸚鵡一樣重複著馬締剛才的話。

「對，索鬼布。」馬締歪著頭看著岸邊：「妳不知道嗎？」

我當然知道索鬼布是《索鬼布思特》的簡稱，很受孩子歡迎的遊戲啊，紅到改編成動畫。十歲少年索鬼布思特在宇宙旅行，抵達每個星球，和各種不同的外星生物成了好朋友。

書裡出現許多外星生物，有的形體可愛，有的奇特怪異；有各種創意變化，色彩鮮豔。有些外星生物甚至比主角索鬼布更受歡迎，即使是不玩遊戲、不看動畫的岸邊，也能說出裡面的兩三位主角。

但索鬼布和辭典編輯部到底有什麼關係？岸邊想問馬締，但檢查完瓦斯及電源都已關妥的馬締，已經跟隔壁資料室的佐佐木打過招呼，快步走出別館玄關。

梅雨季還沒結束，被大樓燈光和車頭燈照亮的灰色雲層，覆蓋著神保町的天空。佐佐木催促著岸邊趕緊追上馬締，馬締已經先一步往地鐵站走去。

岸邊不知道歡迎會在哪裡舉辦，但馬締似乎也無意跟岸邊說明，只是按自己的步調不斷前進，更別提令人好奇的索鬼布一事了。要不是佐佐木也在，岸邊就要跟丟了。

觀察著馬締的背影，白色襯衫還套著黑色袖套，真不敢相信竟然能這樣外出。這個人是怎麼看待時尚和自己的外表啊？肯定完全不在意吧！西裝外套到底跑到哪裡去了，該不會忘在公司裡了吧？岸邊嘆了一口氣。

「他就是這副模樣。」走在一旁的佐佐木似乎看穿岸邊心裡的疑問，這麼說著。

換了一趟電車，約十分鐘後抵達神樂坂，如果是《*Northern Black*》的編輯，一定會覺得換車很麻煩，既然可以報公帳，當然搭計程車囉！是辭典編輯部沒有錢，還是根本沒想到要搭計程車？馬締和佐佐木臉上沒有任何不滿，很自然地在電車裡搖晃著、上下樓梯。馬締提著看似沉重的黑色公事包。對了，離開公司前似乎塞了不少書進去。在公司已經整天都在看象形文字的書了，回家後似乎還打算看。

真不敢相信，岸邊再度嘆了口氣。

走在神樂坂蜿蜒交錯的小路上，最後來到一間位於狹窄石板路盡頭的古老獨棟小屋。房子的四個屋角掛著燈，暈黃的柔和燈光中透出「月之裏」三個字。

打開紙格子門，像是日本料理師傅的年輕人熱情迎上來。大家在玄關的水泥地板脫了鞋。

走進店裡，木板隔成的大房間映入眼簾，約七坪大。左手邊是原木吧台，前面放著五張木椅，另外還有四張四人座的桌子。幾乎已坐滿八成，有像在招待客戶的上班族，也有自由業的年輕男女。

「歡迎光臨！」

吧台後方傳來招呼聲，是位看起來年約四十的女料理師傅，一頭黑髮綁在身後，美麗動人。

年輕服務生為編輯部一行人帶位，往玄關右手邊的樓梯走上去。二樓是八塊榻榻米大的和室，素雅的壁龕內裝飾著白色溲疏花。另外有洗手間和工作人員休息室。

和室裡的桌子旁邊，已經有兩位男士坐著等候。

「這位是負責審訂的松本老師，那位是委外編輯荒木先生。」

馬締介紹岸邊時，岸邊拿出名片致意。松本老師是個像木棒一樣清瘦的光頭長輩，荒木看起來年紀比松本老師小一些，表情裡帶有頑固的味道。

帶位的服務生幫大家點了飲料後，旋即下樓端了瓶裝啤酒、二合日本清酒、下酒菜上來。小瓷盤上盛著漬海帶比目魚，海帶的味道淡雅，咬在嘴裡非常開胃。

大家互相幫對方倒啤酒，岸邊的歡迎會順利地進行著。松本老師小口啜飲著日本酒，荒木替馬締說明了「索鬼布」的來龍去脈。

「玄武書房通常由辭典編輯部負責辭典和百科事典等工具書，所以馬締做了一本《索鬼布大百科》。」

「主任很愛追根究柢，編得很辛苦啊！」佐佐木接著說：「這本大百科是為了向孩子介紹故事中的外星生物，但『索鬼布』的工作人員完全不理會我們提出的問題，像是『佩坎伯星人的平均體重以地球重力換算後是幾公斤？』、『阿哇姆星的貴族可以用心電感應交談，那麼，可以清楚說明阿哇姆星的階族制度嗎？又，心電感應交談具體來說是什麼樣子呢？是腦之間直接傳送語言，還是用影像或音樂之類的頻率傳達呢？另外，貴族以外的人種跟地球人一樣，透過語言出聲交談嗎？』我們向動畫及遊戲製作公司一一詢問這些細節，沒想到最後對方被問得不耐煩，竟然直接回答：『這些細節全讓馬締決定吧！我們以後就照馬締的設定去做。』」

「我還是第一次聽到佐佐木小姐講這麼多話。」

松本老師既佩服又驚訝地搔著頭。

「當馬締的助手還真辛苦啊！」

荒木以同情的眼神看著佐佐木。

岸邊簡直無法置信，明明是以兒童為主的動畫角色大全，馬締竟然這麼當真。

為什麼連辭典的「辭」字都不確定怎麼寫的我，竟會被調到辭典編輯部呢？岸邊暗自思索著。難不成我是被公司派來鎮住馬締的「護法」嗎？這樣想似乎合理，如果沒有人在同一個辦公室裡看著，馬締肯定會不計成本，把一切資源都花在編辭典上。

「但也託馬締的福，《索鬼布大百科》大受好評。」

馬締帶著幾分得意地說：「至少沒有讓辭典編輯部丟臉。」

「這麼長一段時間被冷處理，現在總算可以全力編纂《大渡海》。」荒木握著的拳頭放在桌上：「而且岸邊也來了。」

「《大渡海》？」

松本老師看到岸邊歪著頭不解的模樣，補充說：

「這是我們熱切期盼的國語辭典，企畫案提出到現在，已經過了十三個年頭。」

「十三年?!」岸邊不敢相信：「過了十三年還沒有發行嗎?那這中間做了什麼呢？」

「就是……修訂其他辭典，還有製作《索鬼布大百科》……」

馬締語氣平靜地回答。

「馬締也結婚了，不是嗎？」

「嗯，我自己都覺得是奇蹟啊！」

馬締替松本老師和荒木倒茶，靦腆地笑著。

岸邊再度受到驚嚇，實在不知從何問起才好。這位大叔看起來超不起眼，卻已經結婚了？我剛和男友分手，他竟然已婚，這世界真是太不公平了！不，重點不在這裡。為了製作一本辭典竟然等了十三年，這太誇張了吧！

「我們也很無奈呀，」佐佐木吃著鯛魚生魚片，說：「公司的決策讓《大渡海》的編纂作業三番兩次中斷，不得不延後。」

「做出一本大賣的好辭典，收益就會滾滾而來，但過程中卻有很多變數。公司很容易就追求起眼前的利益，像辭典這種要投資很多時間、金錢才做得出來的東西，當然不會是優先選項。」

荒木乾了啤酒，剛好服務生端來中場的清口菜，便趁機加點料理。清口菜是涼拌雞胸肉，佐以白蔥絲與搾菜絲，撒上胡椒後，清爽口感加上剛剛好的辣味讓人更想喝一杯。說是中場休息的清口菜，但已經是像樣的一道菜了。辭典編輯部的人個個大口吃菜大口喝酒，料理根本來不及上。

「《索鬼布大百科》賣得不錯，這次終於可以完成《大渡海》了吧！不，應該說一定要完成。」

馬締為大家倒了冰啤酒，松本老師一手拿著清酒杯，微笑著說：

「再不完成的話，我都要進棺材了。」

一點都不好笑。連「就是說啊」、「沒問題的啦」都說不出口，大家只能露出尷尬的笑容，氣氛瞬間沉默下來。

馬締故意乾咳一聲，轉移話題，說：

「歡迎新生力軍岸邊小姐加入，今後讓我們同心協力，乾杯！」

咦？明明喝了一堆酒也吃了不少料理，現在才乾杯？岸邊雖然有點遲疑，但氣氛既然已經是這樣，基於禮貌也就順勢舉杯。四個啤酒杯和一個清酒杯在空中輕敲。

「抱歉打擾了。你們聊得正起勁呢！」

進門時看到的美女日本料理師傅現身了，她把托盤上裝著滷菜的碗端到每個人面前，接著慎重地跪坐，轉身對著岸邊輕輕合掌。

「我是月之裏的負責人林香具矢，今後還請多多關照。」

「可能不太容易吧！」不等岸邊回禮，荒木就忍不住笑說：「今晚是歡迎會，所以才來這裡，平常能去七寶園就不錯了。是吧？馬締。」

「經費不足是常態，真是見笑了。」馬締用手掌指指岸邊，說：「香具矢，這位是岸邊綠小姐。」

「不只是公司聚會，也歡迎個人約會。」香具矢收起客套的笑容，誠懇地對岸邊說。

岸邊雖然心裡想：「我沒有對象。」但仍默默地點頭。

「真難得啊！」荒木看著岸邊和香具矢：「香具矢是典型的廚師氣質，第一次看到她這麼主動推銷自己的店。」

香具矢聽了很不好意思，依然跪坐、低著頭，似乎在說：「因為我不知道怎麼表達」。外表是個大美人，個性好像有點彆扭，但不討人厭——岸邊這麼覺得。

「這位是林香具矢，」

馬締完全沒管現場的氣氛，又介紹了起來。她已經講過自己的名字了，馬締不熟練的模樣讓岸邊不以為然，幾乎沒聽清楚馬締的下一句話。不，可能是話說得突然，她一下子沒有反應過來。

「是我的太太。」

幾乎過了整整五秒，岸邊才突然冒出一句：

「咦？」

馬締認真地重複剛才的話：

「她是我太太。」

岸邊看看馬締，又看著香具矢。馬締只是面帶微笑，香具矢則面無表情，臉頰略顯紅潤。

這個世界不但不公平還不合理啊！岸邊在心裡仰天長嘆外加抱怨。

神啊，祢在哪裡？祢給了香具矢這麼好的廚藝，卻奪走她選擇男人的眼光嗎？真是太過分了！這樣的美女竟然嫁給一個帶著黑袖套的雞窩頭。

第二天岸邊拖著宿醉的身子上班。

馬締已經坐在辦公桌前，轉著手動式削鉛筆機，小心地削著紅色鉛筆的筆尖。

岸邊說聲「早」後，緩緩地走到自己的座位，因為每走一步，腦子裡就嗡嗡作響得厲害。

「哇，妳看起來臉色很差喔！」馬締抬起頭，從資料堆裡窺看著岸邊：「對了，妳昨天喝得酩酊。」

「什麼是酩酊？」

「不知道的話，查辭典吧！」

馬締指著書架，但岸邊實在沒有力氣起身去拿。

「今天要做什麼呢？」

「紙廠的人等一下會來開會，妳一起出席吧！」

這樣的宿醉下，偏偏要跟公司外的人開會，今天最早的噴嚏已爆發。啊！頭好痛。不借助提神劑，實在無法見人啊！

岸邊立即走進便利商店，抓起解宿醉的飲料，結帳後在店門口一口氣喝光。一旁中年上班族驚訝地看著她，但岸邊沒有心情理會。

精神好不容易恢復了一些後，岸邊走回編輯部。馬締和另一位穿著西裝的年輕男子站在工作大桌邊，把堆成小山的校對稿推到一旁，攤開幾張紙樣擺在桌上。

「抱歉，我遲到了。」

岸邊急忙掏出名片和對方交換，名片上印著「曙光製紙廠第二業務部　宮本慎一郎」。年紀應該和岸邊差不多吧！看起來沉穩，工作態度認真，眼裡綻放著意志堅定的光芒，令人印象深刻！

難得有印象不錯的客戶來拜訪，我竟然宿醉。岸邊甚至擔心身上有酒味，努力克制著說話時不要吐氣。雖然很難，但千萬不能毀了這少有的邂逅機會。

宮本帶來《大渡海》預計使用的內文紙張。馬締一下輕碰一下撫摸面前幾種不同的紙張，以指尖反覆感受其差異，似乎暫時忘了宮本的存在。岸邊抓住這個空檔，努力找話題。

「每一款紙都很薄耶！」

「是的。這些是敝公司為《大渡海》開發的紙張，我們很有信心。厚度為五十微米，一平方公尺的重量只有四十五公克。」

雖然沒有概念，但看起來是很薄又輕的紙張。宮本愉快地續繼說：

「雖然薄，卻幾乎不會透。」

「不會透？」

「就是每一頁的文字不會透過背面，浮現在另一頁，不干擾閱讀。」

宮本說，辭典選用的內文紙，「輕薄」與「油墨不能透到背面」都是首要條件。辭典比其他書籍的頁數多很多，如果不使用薄的紙張，整本會變得很厚重。選用輕的紙，就是為了避免太重導致攜帶不便，影響辭典的實用性。

「你剛才說『為了大渡海』，難不成是特別開發的紙張？」

「是的。一年前收到馬締先生的訂單時，敝社研發部和技術部就傾全力製作各種紙樣。今天終於能來展示成果，這項業務一開始就是我負責，感受特別深刻。」宮本咬著下唇說。似乎是馬締的要求很高，他們終於克服了各種難題。

「其他辭典也會另外訂製紙張嗎？」

「不一定，像《玄武學習國語辭典》是用現成紙張，但《字玄》就是敝社特別開發的紙。《大渡海》是久違的客製訂單，敝公司可說是卯足全力。」

宮本拿著一捲紙，自豪地問岸邊：「怎麼樣？」

「什麼怎麼樣？」

「實際上，微黃的紙張中摻了少許紅色。我們費盡心力一試再試，不斷修正錯誤，才終於做出這種溫暖的色調。」

啊，這個人也是怪人。「真可惜！」岸邊這樣想，同時不再克制吐氣，直接說：

「不過，開發出這麼薄的紙張，除了辭典沒有其他用途了吧？」

「不是的。」宮本把紙樣放好：「當然，我們為玄武書房特別製作的紙，除了《大渡海》外不會用在其他地方。但是對紙廠來說，提升製作出輕薄紙張的技術非常重要。除了辭典，聖經、保險合約、藥品說明書、工業用品等，各領域都需要薄的紙張。」

「原來如此。」

岸邊很是佩服。這麼說來，藥盒裡折得好好的說明書，的確是很薄的紙。雖然平常不會注意到，但紙廠會因應各種使用目的，不分晝夜地開發新紙張。

仔細檢查、觸摸著紙樣的馬締忽然大叫一聲：

「沒有滑順感！」

岸邊和宮本嚇了一跳，兩人不自覺靠到馬締身邊，看著他。

「沒有滑順感？」

馬締繃著臉的表情，像牙痛時的芥川龍之介。

「岸邊，可以拿中型辭典過來嗎？《廣辭苑》就可以了。」

岸邊按馬締的吩咐，從書架上拿了最新版的《廣辭苑》。

「宮本先生，你看。」馬締用指腹一張張翻著《廣辭苑》：「這就是滑順感。」

岸邊和宮本困惑地互相對望，再盯著馬締的手指。

「呃……是指什麼呢？」宮本有點猶豫地問。

馬締的表情瞬間猙獰得像牙痛至極、憤世嫉俗的芥川龍之介。

「你看，翻閱時紙張會吸附在指腹上，但不會發生好幾張紙貼附在一起翻不開的情況。所謂的頁頁分明，就是滑順感！」

馬締將《廣辭苑》推到岸邊和宮本面前，請他們翻翻看。

「啊，真的耶！」

「這種滑順質感的確剛剛好，用指腹就可以順利翻頁。」

馬締露出滿意的笑容，似乎在說：「你總算懂我的意思了」。

「這正是辭典用紙的最高境界。辭典很厚，必須消除使用者翻頁時不順手的壓力。」

「非常抱歉！」

宮本低頭道歉。像是突然想起了什麼，從書架上取出《字玄》，不斷地翻著每一頁，似乎是想牢記這個觸感，專注的程度令人肅然起敬。

岸邊暗忖：「不過是紙，有必要這樣嗎？」卻又對既不是玄武書房員工、也不是辭典編輯部同事的宮本，如此為《大渡海》盡心的態度感到開心。

放下《字玄》後，宮本拿出手機到走廊上打電話。不久，結束通話、回到辦公室的宮本說：「我們會在最短時間內重提新的紙樣。就像馬締先生說的，《字玄》用紙所具有的滑順感，這次的紙樣卻沒有兼顧到。箇中原因，我剛才和公司的技術人員確認過了……」

宮本繼續說，原因可能出在新的抄紙機。

「抄紙機？」

岸邊歪著頭，思索著陌生的單字。

「就是製紙過程中烘乾紙漿讓紙變乾的機器。如兩位所知，製作不同用途的新紙時，調整配方原料和微量藥劑是必要的。」

聽了宮本的話，馬締點頭表示「原來如此」。這種事情我當然懂，但還是讓年輕的宮本先生表現一下！馬締展現出體貼的心意。岸邊雖然疑惑「『調整配方原料和微量藥劑是必要的』是一般人知道的常識嗎？」但還是點頭表示理解。

馬締和緩地說道：

「你是說，貴公司曾為《字玄》成功研究出滑順感的配方，但新添購的抄紙機卻無法順利表現在新紙張上嗎？」

「確實如此，」宮本有點不好意思地說：「每台抄紙機都各有特性，即使在製作紙張時用了相同配方，也會因機器的不同而出現多多少少的差異，而負責開發《字玄》特製紙的技術人員又已經退休。是我們的疏忽，沒有留意到紙張的滑順感。」

會注意到滑順感的人只有馬締吧，一般人哪會察覺啊！岸邊這麼認為。馬締似乎被宮本誠摯的誠意和說明打動了。

「你能明白我所說的滑順感就夠了，期待貴公司的新紙張。」

「是！」宮本終於露出笑容：「我們一定會做出讓馬締先生滿意的紙！」

宮本把攤開的紙速迅收拾好，疾風般迅速離去。

「真是個可靠的青年啊！」

馬締一臉好心情地回到座位，鬆了一口氣後，隨即又開始動筆書寫。岸邊悄悄瞄了馬締，原來他已經在製作「抄紙機」這個新詞的用例採集卡。

辭典編輯及相關工作者，淨是些怪人。

岸邊一方面莫名畏懼這些人強大的熱情，一方面又擔心自己能否跟上他們的腳步。

不管那麼多了，先收拾大桌子吧！手上拿著《廣辭苑》的岸邊，突然想到馬締提過像謎語般的詞彙「酩酊」，索性查閱起來。

【酩酊】大醉、爛醉如泥。淨琉璃《忠臣藏》：「眾阿諛小人，豈能不使酩酊現本性。」

馬締的意思原來是「妳昨天喝得爛醉如泥」啊！

幹嘛繞這麼大圈子，何不直說呢？

岸邊心中一把怒火。

《廣辭苑》裡引用的例句，是《忠臣藏》，也就是《仮名手本忠臣藏》裡的一段話。《仮名手本忠臣藏》？這是古文耶！時代劇欸！現在還有人會講「酩酊」這個詞嗎？聽都沒聽過！

馬締故意用這麼難的詞測試我的程度，岸邊心想。他明明知道我是辭典外行人，懂的詞不多。

心眼真壞！

既氣憤又覺得被羞辱，難過得就要掉下淚來。但若哭出來豈不就真的輸了？索性把不滿發洩在打掃上。

馬締依然沒有指派工作給岸邊，只是對著桌子埋頭寫東西，恐怕根本忘了辦公室有岸邊這個人。她要大哭還是打噴嚏，搞不好馬締都無所謂。

岸邊自己一個人在本館員工餐廳吃了午餐，今天的A餐是炸竹筴魚定食。

原本想找人說話，去餐廳前還特意探了一下資料室。佐佐木不在，也許已經外出用餐。這種時候，偏偏餐廳裡又找不到熟悉的面孔。

說起來，這是我第一次和年紀相差很多的人一起工作。

食不知味地咬著喜歡的炸竹筴魚，心裡想著。

在《*Northern Black*》編輯部時，周圍多是同年齡的編輯或寫手。尤其是編輯，除了主編外全是女生。同儕之間不能說沒有競爭心，但基本上還是會互相幫忙、互相傾吐，甚至一起完成緊急任務。工作空檔則聊食物、聊衣服、聊戀愛，也常因一些雞毛蒜皮的小事而笑到停不下來。

調部門才第二天，已經深刻體會到之前的工作環境和同事關係，對抒解心情有多大的幫助。

辭典編輯部就只有馬締一個人，沒有共同話題就算了，還常常說些莫名其妙的古語，真不知道應該怎麼應對。

岸邊想起當學生時新學年第一天的心情。面對新班級、新同學，很怕跟大家處不來，緊張不安中找了教室裡最不顯眼的位子坐下。在導師來跟大家開班會、決定座位前，把這裡當成短暫的安身之所。

現在和開學不同的是，完全沒有「新生活要開始」的期待，公司的工作雖然不是義務，但和學校生活的新鮮刺激相去甚遠。

為賺錢而工作，根本不符合人類存在的意義，岸邊嘆了口氣。公司的想法、個人的習慣、惰性，已經讓人生充滿矛盾和掙扎，要是連辦公室裡的人際關係都毫無樂趣，就實在太慘了。到底有什麼能支撐自己繼續做下去呢？我已經看不清了。

雖然這樣想，但岸邊卻沒有勇氣輕易辭去好不容易才找到的工作。吃完午餐，把餐盤拿到回收處。沒辦法了，暫時只能以下一次的獎金做為在辭典編輯部努力的動力。上個月才剛領的夏季獎金，已經全數花在鞋子和衣服上了。

唉……

嘆著氣回到別館的同時，立即被噴嚏攻擊，頓時讓岸邊的心又一沉。

岸邊調到辭典編輯部的第三天，終於把辦公室整理好，飄浮在空氣中的灰塵似乎也減少了。

岸邊拿下口罩，坐在自己的位子上放鬆一會兒。邊喝著在茶水間剛沖好的咖啡，邊打開封面是藍色的文件檔案夾。

去茶水間前問了馬締：「要幫你沖杯咖啡嗎？」馬締竟回答：「呼！」讓人完全摸

不著頭緒。馬締一味地盯著手邊像是資料的線裝書，完全沒有抬頭的意思，只好任他去了。

岸邊望著放在書架上顯眼位置的檔案夾，封面竟寫著：㊙限辭典編輯部人員閱覽。

好怕人看不到的秘密啊！

差點噴笑的岸邊被勾起了好奇，拿下這份自稱「㊙」的檔案。

翻了幾頁，應該只有《大渡海》執筆者的個人資料算得上機密。大多是大學教授和研究員，除了每個人的專長領域、發表過的論文概要外，還記錄了家族成員、喜歡的食物、發生問題時的解決方法。似乎是編輯部以前的同事留給繼任者的交接資料。

但資料也太舊了。在執筆者名單中，看到幾年前過世的知名心理學家的名字時，岸邊不由得雙手交叉在胸前思考著：這是是什麼時候做的交接資料呢？紙張都有點泛黃了。

交接資料的最後，岸邊看到一段話：

馬締不擅長對外交涉，來到辭典編輯部的你！請參考這個檔案，協助馬締完成《大渡海》吧！祝健康順利！

玄武書房辭典編輯部為了《大渡海》問世的那一天，等了超過十年，一點一滴地朝目標邁進。岸邊聽說，其間除了馬締外，辭典編輯部沒有招聘過任何新成員。

也就是說，這個檔案應該是給「我」的交接資料。

製作檔案的人肯定是和馬締同期的辭典編輯部同事，在調到其他部門前，為了馬締而留下這份對外交涉的重要資料。因為不知道何時才會有新人來，只能以這樣的形式把資料交付給未來的新人。

怎麼覺得……好沉重，岸邊一點把握也沒有。被調到辭典編輯部，表示一定得喜歡辭典嗎？一定得抱著熱情和愛，投入辭典的編輯工作嗎？當然，這是理想，但對我來說實在太勉強了。不但沒有自信和馬締順利溝通，也承擔不起這位交接人為辭典編輯部著想的心意。

怎麼辦呢？

無意間翻到最後一張資料夾，竟出現檔案製作人的名字：

辭典編累了嗎？想放鬆一下嗎？

碰到這種狀況的編輯部同事，請洽西岡正志：masanishi@genbushobo.co.jp。

西岡？確實是宣傳廣告部還是業務部的人，和馬締差不多年紀，岸邊探尋著微薄的記憶。雖然沒有交談過，但記得長相：一副吊兒啷噹的模樣，常出現在本館走廊。令人意外的是，輕浮外表下的他竟然是四個小孩的爸爸；還聽說常常憂心小孩的事，不知道是不是真的。

岸邊還不至於「編累了」，畢竟來到辭典編輯部不過才三天，但確實想「放鬆一下」，而且想要一個可以傾訴內心遲疑和不安的談話對象。應該可以找曾經待過辭典編輯部的西岡商量吧？

懷抱著期待和希望，岸邊決定立刻寫信給西岡。

西岡正志先生

初次來信，您好。我是剛調到辭典編輯部的岸邊綠。辭典對我來說是個完全陌生的領域，我想從現在起好好學習。我看了西岡先生製作的檔案，感謝您留下參考資料。在不打擾的前提下，可以找個時間和您當面談談嗎？我有很多事想請教。

岸邊綠　上

西岡似乎正在辦公室，當岸邊又沖了一杯咖啡回到座位時，西岡的回信來了：

呀嗬！謝謝妳的來信。

連回信都可以這樣吊兒啷噹。

但是，我不能和妳見面。因為呢，怕一見面妳會迷、上、我！當然是開玩笑的啦，哈。事實是，我沒有編辭典的才能，所以妳可以不用猶豫，儘管請教馬締。Ciao[1]！

四十幾歲的大叔竟然寫出這麼白癡的電子郵件，這說得過去嗎？現在不只鼻子癢，連全身都不舒服起來，岸邊不禁打了個冷顫。

補充說明：請查看書架上的書擋，有個讓妳愉快的好貨，應該可以解決妳的煩惱喔！那麼，這次真的要說adiós[2]了！

這封信的最後一句，就像一幅輕浮的圖畫。但岸邊顧不了這些，立即起身尋找。

編輯部裡書架林立，當然也有很多書擋，西岡指的到底是哪一個？岸邊將書移開，一個個檢查。這期間，馬締依然讀著線裝書，對岸邊的動作完全不聞不問，就像冬眠中的松鼠般安靜。

「應該是這個吧？」岸邊在雜學區的書架中，找到西岡說的書擋，是個金屬製、灰色，很常見的事務用書擋，但底部卻貼附著一個白色信封。膠帶已經發黃，沒什麼黏性。

經歷長年歲月，信完全沒有被人動過，靜靜地躺在書擋下方。

這就是西岡藏著的好貨吧，但到底是什麼呢？

岸邊在好奇心的驅使下，站著打開了信封，裡面放著一疊信紙，張數還不少。正確來說，是信件的影本。

敬啟　寒風拂來，冬日將近，值此今時，敬祝安康順心。

這是誰寫給誰的信？雖然有點擔心這樣擅自閱讀好嗎，但還是先確認最後一頁的收

1 義大利文的再見。
2 西班牙文的再見。

件人吧，或許能明白這十五張信紙是怎麼回事。以信件來說，可說是長篇大作。

第十五頁的最後有著署名：

二〇××年十一月

致　林香具矢小姐

馬締光也　上

喂，等一下！岸邊按捺內心的興奮，走回自己的位子。林香具矢，不就是「月之裏」的日本料理師傅、馬締的太太嗎？那這封信難不成是情書？但第一句怎麼看都不像情書啊！

若無其事地偷瞄馬締，他依然像隻冬眠松鼠，從桌上書堆後方，露出蓬鬆的雞窩頭。岸邊不動聲色坐回位子上，開始一字一句地讀起手上的信。

真是一封嚴肅又滑稽的情書，漢字異常地多，文章很不通順，可以想見當時馬締有多緊張。因為太急於把心意傳達給對方，反而白搭，讓人如墜入五里霧中。

宛如自月宮降臨凡間，美得讓人不敢直視的輝夜公主，吾自見汝初日，猶如身置月球，只覺胸口壓迫、呼吸困難。

岸邊反覆讀著這段文字。「『從見到妳的那一天起，我就墜入愛河，心裡小鹿亂撞』你想說的應該是這個吧？」而且，「『我喜歡妳』四個字就能講清楚的事，為什麼要這麼迂迴啊？」岸邊心想。

信裡看得出出馬締情緒起伏，一下子激動亢奮，一下子心酸苦澀，漸入高潮。

若容我坦承心境，只能說：「香具矢兮香具矢兮奈若何！」

這，這不是……中國漢朝項羽陷於「四面楚歌」時，仰天悲嘆的知名橋段嘛！

岸邊也不禁想起，高中漢文課上似乎學過。

項羽當時被敵軍包圍，告別愛妾虞美人之際，詠嘆道：

「虞兮虞兮奈若何！」（虞姬啊虞姬，我該拿妳怎麼辦！）

現在的處境，是得親手殺了心愛的人呢，還是儘管放了她有可能讓她遇到更坎坷的命運，也要一試並祈求她安然無事呢？這原本是走投無路時，方寸大亂的男子面對心愛女人所唱出的慷慨悲歌耶！

回過頭來看馬締的情書，他到底想表達什麼啊？該不會是想：「我把『虞兮』置換成『香具矢兮』，厲害吧？」哪裡厲害了啊！岸邊又好氣又好笑。

無論怎麼說，面臨生死關頭的項羽，和辭典編輯部裡的雞窩頭馬締，就算同樣用這句「我該拿妳怎麼辦！」兩人悲嘆的情境還是天差地遠。更何況，「什麼叫做『我該拿妳怎麼辦！』應該是你想對香具矢做什麼，而『她該拿你怎麼辦』吧？」想到此，真的很想掐緊寫情書時馬締的脖子啊！

不但自比為項羽，還妄想迂迴地用「香具矢啊香具矢，我該拿妳怎麼辦！」來傳情。文青馬締的情書是這樣收尾的：

我言盡於此。不，其實還有更多話想說，但即使我有一百五十年的壽命也不夠，把熱帶雨林全砍下來做成紙張也不夠，所以還是就此擱筆。

讀完後，希望有幸一聽香具矢小姐的想法。不論是什麼答案，我已有覺悟，結果如何，皆將默然接受。

善自珍重

不但誇大其詞，還央求回覆，說完自己波濤洶湧的心情後，又唐突地以「善自珍重」總結。被問及「想法」的香具矢，應該會不知如何是好吧！

看到馬締從座位上站起，岸邊匆匆把情書影本藏進膝蓋和桌子之間。

「岸邊，忘了跟妳說。」

「是。」

馬締繞過桌椅，站到岸邊身旁。坐著抬頭看馬締的岸邊，一想到情書的內容，差點忍不住笑出來。

彷彿在辭典編輯部待了好幾世紀、一副不食人間煙火的模樣，宛如枯朽的樹木或風乾的紙，絕緣於愛恨情慾之外，這樣的馬締竟然會為戀愛所苦，寫出「深夜日記」般自剖心跡的情書。

而現在又一副語文專家的姿態，完全沉浸在辭典編纂中。岸邊為了掩飾強忍的笑意，只好假裝打噴嚏。由這封情書看來，馬締雖然懂很多詞彙，但文筆並不好，甚至笨拙，可惜了滿腔炙熱的情意。

岸邊突然頓悟：「原來如此！」讓人感覺很有距離的馬締，或許跟我念書時候一樣；不，說不定我現在也是這樣：不知道怎麼跟人互動，不確定是否真能編出一本好辭典，所以才會這麼拚命。雖然很難透過言語把心裡的意思說清楚，但就算擔心會辭不達意，也只能鼓起勇氣，把那些反應內心的笨拙話說出來，同時祈求對方能夠領會。

因為不安、因為期望，馬締才會投注一切、矢志做出收錄大量詞彙的辭典吧！

若真如此，那我應該也可以在辭典編輯部待下去。我想知道怎麼做才能趕走不安；我希望和馬締順利溝通，找到自己的位置，過得踏實。

蒐集眾多詞彙，就像手裡拿著一面能精準反射光線的鏡子。反射越精準，用它來映照自己的心、呈現給對方時，對方就越能接收到細膩的心情和想法，甚至可以一起對著鏡子大笑、大哭或生氣。

編辭典的工作或許比想像中還要快樂，而且重要。

因為這封情書，岸邊覺得馬締比較容易親近了。加入辭典編輯部至今，第一次有了正面的感受。

馬締當然沒有看出岸邊的心情轉折，很容易就被她三流的演技矇騙過去。

「咦，妳感冒了嗎？」

「啊，有一點。你什麼事忘了跟我說？」

「明天要正式開始《大渡海》的編輯作業，到時候會使用別館一樓和二樓的所有房間，用人海戰術來檢查用例，並依序發稿。」

「啊？」

這麼重要的事，不應該前一天才跟我說吧？

「那麼，我們開始來搬桌子、做準備吧！」

馬締不顧一旁呆住的岸邊，逕自捲起袖套。

岸邊和馬締整晚都在移動桌子和堆積如山的資料，連警衛都來幫忙。佐佐木為了即將增加的工作人員，影印著流程說明書，準備文具。

準備作業好不容易結束了，岸邊全身肌肉痠痛。

「妳還很年輕呢，我的腰現在可是痛到受不了。」

不知道是不是無法伸直腰桿，馬締說完後，像能樂演員般拖著幾乎不聽控制的雙腳回家。

這樣的姿勢對腰的負擔不是更大嗎？

目送馬締走後，岸邊馬上回信給西岡。

我順利找到了信，託你的福，稍微打起精神來了。辭典編輯部明天就要正式朝完成《大渡海》的目標啟航了，但或許我會因為肌肉痠痛而無法上班。

《大渡海》靠著馬締的堅持，十三年來一點一滴地進行著。

編輯部負責的一般用語在馬締、荒木、松本老師的執筆下，已完成九成。剩下一成，是十三年來陸續出現的新詞，或新的用例採集卡中尚未決定是否收錄的詞彙。所有詞彙經馬締和松本老師討論、定案後，由馬締撰稿。

但就算詞條的稿子都齊了，時間過了十三年，有些用語還是會過時。這些可能過時的詞彙就交由岸邊和荒木決定是否收錄。

「辭典作業的特性是，幾乎不刪除已經採用的詞彙，為了盡可能收錄更多詞彙，所以連死語也會保留。」荒木對新手岸邊說明：「因此，如果事前不反覆檢查，很容易編出一本死語過多的辭典。」

岸邊看著根據〈撰述要點〉寫成的一疊稿子，點了點頭：「我就在想『木屐櫃』為什麼會收進來呢？」

「什麼？木屐櫃是死語嗎？」

「我上學時都改稱『鞋櫃』了啊！不過，『木屐櫃』的釋義中沒有提到『鞋櫃』的用途，看不出來有『放鞋子的櫃子、箱子』的意思。」

「時代變遷的浪潮啊！喂，馬締，有麻煩囉！待討論的詞條又增加了一個。」

在這樣的混亂中，岸邊也漸漸習慣閱讀辭典的說明了。

百科及其他專業術語，大多委託大學教授撰述，幾乎都已交稿。馬締只要一有空就親赴大學和研究機構拿回這些稿子。

「難不成馬締看了㊙檔案？」

岸邊問，馬締開心地點了點頭。

「多虧西岡的整理，和這些老師們的交涉及攻防進行得很順利。」

那麼，藏在編輯部的情書影本，馬締也知道了嗎？岸邊小心試探。

「那……你看了檔案的最後一頁嗎？」

「說來慚愧，」馬締害羞地搔了搔臉頰：「其實我一度對《大渡海》能不能完成失去信心，於是發了一封電子郵件跟西岡求救，結果他約我去喝酒。」

「這樣啊……」

大叔們的交情還真是苦悶啊！岸邊不自覺露出笑容，從馬締身邊走開。西岡的電子信箱對馬締來說是喝酒解悶用的「垃圾筒」，對其他人則是爆料情書用的「廣播台」；而㊙檔案其實是公開的秘密。

不論是編輯部寫的，還是委外撰述的稿子，都不是寫好就算完成，還要經過反覆推敲，刪去多餘字句。因為收錄的詞彙超過二十萬個，版面怎麼樣都不夠。

「檢查例句」也是重要的工作。要先標明詞彙的出處，再從中摘出適當的段落做為例句。若是現代用語，大多沒有出處，而是按釋義撰寫合情合理的例句。

這項工作由二十多人組成的工讀生團隊，一個一個檢查語義是否相符、引用及出處原典是否正確。學生們坐在岸邊辛苦搬來的桌子前，埋首於資料校正與確認。暑假期間，將會有兩倍以上的學生在編輯部工作。

確認無誤的稿子，則依照《大渡海》的編輯體例進行格式統整，包括調整字級大小、標註讀音等版面上的細節。如果格式沒有統一，隨意變換級數，或是每個詞條的記號不一致，會導致使用上的混亂。

完成之後，才終於能將稿子交給印刷廠。基本上會依照五十音，從第一行「あ行」開始依序發稿。

發稿後，印刷廠會印出校對稿送回來。辭典編輯部人員和校對者便開始校對每個細部環節，包括有沒有錯字或語意不明的地方、解說是否正確等，要檢查的細節多到數不清。《大渡海》計畫不只動員玄武書房內部的校對者，還會找來經驗豐富的外校人員。

校對完成後，校正過的樣稿會再送回印刷廠，將紅筆標示處一一修正後再重新印出來。

像《大渡海》這麼龐大的辭典，樣稿的校對從初校到最後一校，至少會往返五次，更大的辭典甚至會高達十校。

在一、二校階段，有時候只能先檢查內容和體例。因為稿子尚未全部到齊，所以無法完全按照五十音排序。

缺的稿子，必須在三校前全數補齊，所以三校時要嚴格依照五十音排序。這時，不但要檢查有沒有重複或缺漏的條目，還要安排好圖片的位置。

四校時要決定每一頁的版面編排，調整圖片位置。到了這個階段最好不要再變更總頁數。如果大量增減解說文字或條目，頁數會改變，也會影響辭典的售價。

第五校則是最後確認。即使到了這一關，還是有追加條目的可能，例如美國總統突然換人，或鄉市鎮合併等突發狀況。為考量最後可能追加的條目，預留一些空白比較保險。

當然，校正作業也是從最前面的「あ行」依序進行。

「因此，幾乎所有辭典的後半部，條目數量都比較少，有點不扎實。」馬締苦笑：「校對到後面的『ら行』或『わ行』時，通常出版日已迫在眉睫，幾乎是和時間賽跑。臨時遇到不得不加收的狀況時，根本沒有檢查例句的人手，更沒有擠出篇幅、調整版面的餘裕。」

「《大渡海》到了後半部會有這個問題嗎？」

岸邊不由得擔心，辭典編輯部花了這麼長的歲月製作，如果真的變成這樣就太可惜了。

「花了十三年的時間，日積月累才準備好的辭典，」松本老師在一旁插話：「好不容易才走到這個階段，我們一定要堅持到最後的『わ行』啊！」

「要判斷後半部的分量，其實有一些標準。」

馬締從書架上取出幾種中型辭典，一本本排在岸邊面前。

「為了方便查閱，辭典的書口[3]上往往印有黑字標示，從這裡看就一目了然。『あ行』、『か行』或『さ行』等開頭的日文單字數量非常多。」

「真的耶！」

岸邊比較著眼前幾本辭典。不論哪一本都是「あ行」到「さ行」的分量最多，「た行」幾乎已經跨到整本篇幅的後半。

「相反地，『や行』、『ら行』、『わ行』占的頁數很少，對吧？這是因為和語很少的關係。」

「和語？」

「不是漢語也不是片假名的外來語，就是日本原有的語彙[4]。總之，按五十音順序排列來看，詞彙幾乎集中在『あ行』到『さ行』。因此，當辭典的中間頁數落在『す』或『せ』時，可知這部辭典的後半本內容分量是充足的，也可以說它很平均地蒐羅了詞彙。」

「沒想到五十音前幾行的單字就占掉辭典的一半了。」

從來沒發現啊！岸邊雙手交叉在胸前，看著書口。

「每個音的詞彙分量本來就不平均。」松本老師微笑著，手指觸摸著書口，一副憐愛的模樣：「玩文字接龍想要贏，關鍵是盡量不使用尾音是『あ行』、『か行』、『さ行』的字，而找出尾音是『や行』、『ら行』、『わ行』的單字，把對方逼到接不下去。例如，不用『怪獸』、『監查』，而改用『鎌倉』、『粕取』[5]等。只是，要一下子想出這些字也不容易。」

「松本老師也覺得很難嗎？」

岸邊驚訝地問。

「文字大海既廣又深啊！」松本老師開心地笑了：「我的造詣還不夠，無法像海女一樣，一出手就採到有珍珠的貝殼。」

如火如荼地進行著的《大渡海》編纂作業，不知何時才有結束的一天。

3 翻閱書籍時，手指會碰觸到的、跟裝訂邊相對的那一側。

4 日文分成平假名（和語）、片假名（外來語）和漢字（漢語）三種文字形式。

5 原文的讀音為怪獸（kaijuu）：尾音是あ行，監查（kansa）：尾音是さ行，鎌倉（kamakura）：尾音是ら行，粕取（kasutori）：尾音是ら行，指劣等酒。

檢查例句的工讀生們，即使暑假結束了，仍然來辭典編輯部報到。岸邊和編輯部員工也常常趕不上最後一班電車。

日復一日地討論詞彙、查核最後的例句、標示讀音，並用紅筆修改校對稿。要做的事實在太多，岸邊不時會冒出「啊！」的叫聲。事實上，還曾在別館廁所裡突然想到什麼而叫了出來！

「不要緊的。」負責控管進度和下達作業指令的佐佐木會適時安慰：「我會掌握每個階段的進度，也會指出遺漏處，岸邊只要專心把眼前的工作做好就行。」

但「眼前的工作」不計其數，要同時進行的作業多到讓人手忙腳亂。不知所措時，荒木會在一旁打氣：

「以第一次參與製作辭典的新手來說，岸邊算做得很好了。你看，馬締編《索鬼布大百科》時人人讚賞，現在還不是那副苦瓜臉。」

馬締坐在校對稿前，抱頭苦思。突然想起什麼，抬起頭在空中比手畫腳，手勢宛如在移動方塊。

終於馬締也因不堪負荷，出神地玩起我們看不見的磚塊遊戲嗎？

荒木對嚇到的岸邊說明：

「他正在模擬最後的分量調整，要縮減哪裡的文章，如何減少行數，才能將所有條目全都納進頁面中。因為複雜如拼圖，就算是馬締也免不了陷入苦思。」

不只辦公室內的工作，和外部交涉的事務也增加了。

馬締身為辭典編輯部主任，不但要參加業務部和宣傳廣告部的會議，還要和美術設計開會，決定《大渡海》的裝幀。

岸邊原本認為馬締會應付不了外面的壓力，而弄得灰頭土臉，沒想到他卻在對外交涉上展現出驚人的毅力。一提到重要的《大渡海》，就拿出毫不妥協的堅決氣勢。馬締果決地將敲定發行日這件事延到最後一刻，爭取最後時間充實內容、加強辭典的可看性，對美術設計的裝幀提案也不輕易點頭，完全展現出辭典編輯部主任應有的魄力。

岸邊也想參與行銷會議，但人手實在不夠，很難兩人同時離開編務工作。《大渡海》這麼大規模的辭典，宣傳廣告當然是大手筆，公司裡甚至傳出將由藝人代言，或搭配上市期間在車站張貼大型海報等傳言。這讓岸邊很不安，馬締哪裡認識什麼藝人了，他真能掌握狀況嗎？

有別於岸邊的一臉憂心，馬締開完行銷會議後神情愉悅地走回辦公室。

「有提到哪個你喜歡的藝人嗎？」

「沒有，即使說出名字，我也不知道是誰。」馬締尷尬地笑了：「但是不用擔心，西岡會私底下想辦法幫忙。」

又是西岡啊！岸邊想起吊兒郎噹的電子郵件，嘆了口氣。即使如此，宣傳廣告部有前辭典編輯部的成員，的確讓人安心許多。

被其他部門揶揄成「米蟲」的辭典編輯部及《大渡海》，在西岡的奮力奔走下，終於可以揚眉吐氣，讓眾人大開眼界了。

這一天，曙光製紙的宮本打電話來。

「終於做出『極致的紙』了！」

正是櫻花綻放時。

換句話說，春天到了；這是岸邊在辭典編輯部的第二個春天。前年七月從《*Northern Black*》編輯部調到辭典編輯部，之後過了一年八個月，每天和辭典編輯部的人埋首於《大渡海》的校訂作業。

目前，辭典的前半進行到四校，但後半還停留在三校，校正的進度不一，不知道何時才能趕上。

但《大渡海》的發行日期已敲定在隔年三月上旬。

日本的春假期間是辭典大戰最火熱的時候，因為新學年即將展開，這時候買新辭典的人最多。

但依目前的狀況，辭典的編輯作業仍在緩慢進行中，明年這時候《大渡海》是否真的能如期完成呢？今天的岸邊倍感焦慮。

馬締和平常一樣，一副深不可測的神情，坐在辦公桌前讀著什麼。正在校對「あ行」的岸邊發現了問題，起身找馬締討論。

她站在馬締旁邊，視線落在馬締的桌上，馬締正看著一張準備放在『河童』條目下的插圖。這張央請插畫家畫的河童，走的是線條細緻的寫實風（其實岸邊沒見過河童）背上畫有龜殼，身上掛著酒瓶。如傳說中的模樣，頭頂沒有毛髮。

「啊！正好。」馬締抬頭看著岸邊，拉了一旁的椅子，示意岸邊坐下。「這張河童圖，妳覺得怎麼樣？」

我可沒有分辨河童美醜的能力，被問到怎麼樣，哪裡回答得出來。

「應該可以吧！」

馬締歪著頭說道：

「河童會帶著酒瓶嗎？只有信樂燒[6]的狸貓才會吧！」

「這樣說也對，日本酒的廣告拍得很成功，讓人有『河童＝酒壺或酒瓶』的印象。」

6 滋賀縣甲賀市的信樂為主的陶瓷器，是日本六大古窯場之一，狸貓為其代表物。

岸邊最近也染上辭典編輯部的習慣，對於不知道的事，不會含糊放過。完全忘了原本要問馬締的問題，反而翻起書架上其他出版社的辭典。

「《日本國語大辭典》裡的河童圖，身上沒有任何東西。」

「果然，」馬締交叉著雙手說：「只有信樂燒的狸貓才拿著酒瓶。」

「河童拿著酒瓶其實也沒有不好啊！」岸邊再次拉開馬締一旁的椅子，坐了下來：「真的狸貓哪會隨身帶酒瓶，何況河童到底會拿什麼，我們也不可能知道啊！」

「不，正因如此，我們才要探究下去以符合事實啊！」馬締的說明像是自言自語：「如果要在『信樂燒』的詞條裡舉出代表例子，放上酒瓶狸貓圖很合理，對吧？但如果把同一張圖放在『狸貓』這一條裡，就不對了。同樣地，毫無根據地把拿著酒瓶河童圖放入『河童』的詞條下也不妥。況且有些人相信河童的存在，我們不能便宜行事。」

放任不管的話，馬締搞不好真會衝到岩手縣遠野市去捕捉河童喔！「請問你平常會帶酒瓶嗎？」岸邊腦海裡浮現馬締捉到河童、認真詢問的模樣後，連忙回答：

「河童長什麼樣有各種說法，這張圖應該沒問題，如果你很在意的話，就請插畫家修改一下，把酒瓶刪掉不就行了。」

「說得也是。幹嘛大費周章，參考最不會有問題的鳥山石燕[7]的作品不就得了！」

馬締面對電腦，開始寫起電子郵件，戒慎惶恐地拜託插畫家修改。馬締的手突然停了下來，似乎想起了什麼。

「對了，岸邊，妳找我有事嗎？」

「我想和你討論一下『愛』這個條目。」

岸邊把校對稿拿給馬締看：「釋義①『無可取代的，珍惜愛憐對方的心。』還可以理解，但是後面的舉例卻是『愛妻、愛人、愛貓。』這值得商榷喔！」

「不妥嗎？」

「當然不妥啊！」岸邊激動地說道：「愛妻和愛人並列為『無可取代的』，你不覺得很矛盾嗎？讓人有一種『妻子還是情婦哪一個重要，請解釋清楚！』的衝動。再說，把對人的愛和對貓的愛放在一起，也太隨便了。」

「愛沒有差別，不分尊卑貴賤。我愛我養的貓，就像愛我的妻子一樣。」

「雖然這麼說，但你不會和貓性交吧！」

岸邊失控地叫出聲來，引來工讀生側目，她調整了一下姿勢。馬締的腦子裡還在想著「性交」的漢字怎麼寫，想出來時，突然臉紅了起來，吞吞吐吐地說：

「啊，是沒錯啦……」

7 日本近世的畫家，留下許多妖怪的知名畫作。

「對吧！」岸邊覺得自己有理，便理直氣壯地繼續說：「而且，更奇怪的是說明②『思慕異性的心情，伴隨著性慾。戀愛。』」

「哪裡不對呢？」馬締一副失去自信的模樣，看著岸邊的臉。

「為什麼只限異性？難道同性之間『懷著性慾思慕對方的心情』就不算愛了嗎？」

「不，我沒有這個意思。但是，有必要說得這麼細嗎？」

「有！」岸邊打斷馬締的話：「馬締，《大渡海》不是新時代的辭典嗎？只尊重多數人的意見，被舊思維和感受框住，真的能夠完整解釋那些每天都在變化，以及在快速變化中仍然毅立不搖的詞彙嗎？」

「妳說得很對。」馬締垂下肩膀：「年輕時，我看到『戀愛』這個條目的說明時，也和妳有同樣的疑惑。但隨著每天忙於繁重的工作，竟完全忘了這件事。真是太差勁了。」

這一陣子，岸邊終於對這份工作有了相當程度的認同。雖然大多時候還是得請教馬締的看法，但這一刻終於感到自己是辭典編輯部需要的主力戰將。

岸邊既篤定又得意地把「愛」的校對稿從馬締手上拿回來。馬締突然想起了什麼：

「對了，西岡曾經說過：『試著去想像查辭典的人的心情。』要是有年輕人正在思考自己是不是同性戀時，翻閱《大渡海》中的『愛』，卻發現上面寫著『思慕異性的心情』，他會作何感想？我完全沒想過這是有可能發生的事啊！」

「沒錯。」岸邊點了點頭，看見馬締反省的模樣，立即安慰：「但這不是你的錯。再怎麼說，馬締是菁英份子啊！」

沒有挖苦的意思，只是單純這麼想。

「菁英？」

「是啊！念到研究所，有大美女為妻，還是辭典編輯的專業人士。因為屬於少數，所以不會有一般人的煩惱啊！」

「我真的給人這種感覺？」馬締苦笑：「那『愛』這個條目，又應該怎麼改才好呢？」

「我們可以尊重愛貓人馬締，不過得把『愛人』刪除，怎麼樣？再把『思慕異性』改成『思慕他人』呢？」

「嗯，這樣很好。松本老師等下會來，麻煩妳再和老師確認一下。」

此時，曙光製紙的宮本突然來電，告知《大渡海》的紙樣做好了。

「太好了！」

馬締開心地環視辭典編輯部：「但是，我們這裡沒有放紙的空間啊！」

工讀生和校對者頻繁出入，每張桌子都攤滿了正在校對的稿子。

「岸邊，不好意思，可以麻煩妳去曙光製紙一趟、確認紙張好嗎？如果紙張沒問題的話，就請他們開始抄紙。」

辭典使用的是特殊紙張，需求量又大，不在出版前半年前開始抄紙的話會來不及。這麼重要的決策，岸邊一個人實在做不來。

「馬締不去嗎？」

「我要和松本老師開會。」馬締看著岸邊，用力點了點頭：「沒問題的，妳已經是很優秀的辭典編輯了。能正確地指出不妥的地方，也有評估紙樣的經驗了，不是嗎？請相信自己的判斷。」

被委任這麼重大的使命，岸邊緊張地走出了玄武書房。

許多櫻花仍含苞待放，外面卻下著冷冽的細雨，吐出的氣息在空中變成白霧。岸邊撐著塑膠透明傘，看著兩旁被雨濡濕的深色花蕾，快步走向地鐵站。

雖然馬締大力讚賞岸邊，但其實岸邊對編輯作業還沒什麼自信。也是偶然覺得『愛』的解釋如果只限異性實在不太妥當而已。

大學時一起做專題研究的男同學，突然在畢業前的聚會上對大家宣告：「其實我是同性戀。」

幾個較親近的朋友都已察覺到他應該是同志了，因此，當時在座的人、包含岸邊，大家都把差點說出口的「嗯，我們知道。」給硬吞回去。只淡淡地回答「是喔」、「喝酒吧」，之後大家仍當什麼事都沒發生過。

因為有這樣的經驗，才會注意到『愛』字的解釋不對勁。岸邊走著，突然為認定馬締是「沒有煩惱也沒有自卑感的菁英」自責，臉紅了起來。

才剛剛習慣了辭典編輯的工作，就一副自己什麼都知道的樣子，太沒分寸了。馬締苦惱著《大渡海》的編纂工作，我明明就看在眼裡啊！他才不是什麼菁英。至今為止沒什麼大煩惱也沒什麼自卑感、沒用大腦活著的人，應該是我吧！

每次遇到岔路時，總是選擇比較平順的方向，隨波逐流地生活、工作著。

開始投入辭典編輯工作，和詞彙正面交鋒之後，我好像有了些許改變。岸邊這麼想。詞彙擁有的力量，不是為了帶來傷害，而是為了守護、傳達，是一種想要和別人聯繫、分享的力量。一旦理解了這一點，就會開始探索自己的心，留意周圍人們的心意和想法。

因為參與編纂《大渡海》，岸邊第一次真心想把詞彙當成新武器，深入「溝通」的叢林。

曙光製紙總公司大樓位在銀座的大馬路上，岸邊被帶到八樓會議室。以前和製紙廠的會議都是在郊區的製紙工廠看樣，看來這次完成的紙樣，已經專程被送到總公司了。會議室裡除了宮本外，竟然連第二業務部的部長、課長、研發負責人、研發部長，所有相關人員都到齊了。

製作辭典的紙張，原來是這麼重大的工作。

岸邊緊張地打招呼，擔心對方可能會不高興：「竟然只派這麼一個年輕人來？」完全忘了剛才的反省，在心裡暗自咒罵著馬締，怎麼這麼粗心。

岸邊多慮了。只見曙光製紙的人表情和善卻難掩緊張，恭敬地回著禮。會議室中央的大桌子上，放著好幾份紙樣。

「這就是《大渡海》要用的紙。」

岸邊走到桌子旁，部長們立即分成二邊讓出路來，就像摩西在紅海上劃出一條通路那樣。

「這是研發部全體動員製作出來的，」宮本說明著：「我們為滑順感下了最大的工夫。」

研發部的兩人不斷地點頭，看得出他們為了因應馬締的過度要求，日夜不懈認真研究的模樣。

岸邊輕輕觸摸著宮本所謂「極致的紙」，又薄又柔順，觸感極佳，皮膚甚至感覺得到一股清爽，紙張帶有淡淡的柔黃色和滑順感。岸邊在明亮處拿起紙讓光透過，的確有微微的紅色，這正是宮本引以傲、只有曙光製紙才做得出來的色調。

「我們已經試印過了，很吸墨水，而且不會透到背面。」

宮本謹慎地選擇適當的用語解釋著，房間裡其他部門的人，跟著激動地點頭。

紙張被馬締指出缺點後，宮本努力協助同事調整配方，其間拿了四次改良紙樣到公司。也親自拜訪過好幾次，聽取馬締的想法。每次的對應窗口都是岸邊，和宮本一再「不是這樣，也不是那樣」地交換對紙質的看法，仔細地討論。

岸邊雖然是辭典編輯部的人，現在卻和宮本培養出革命情感。雖然不打算被宮本牽著鼻子走，倒也真心為宮本祈求，這次的紙樣就是「極致的紙」。

為了盡量幫上宮本的忙，也為了研製出最適合《大渡海》的紙，岸邊在這一年八個月中摸遍了各式辭典。平常使用時或許不會在意，每一部辭典的確因出版公司的不同，紙張的顏色、觸感，翻閱時的舒適感也完全不同。同時，更不斷反覆翻閱、觸摸編輯部製作的辭典，用手指品味每種紙的差異，差不多到了閉上眼睛一摸就能分辨是哪家出版社哪部辭典的程度。佐佐木甚至佩服地說：「如果有辭典檢定的話，妳一定能取得一級資格。」

眼前的紙樣，不論顏色、輕薄、觸感都超過合格點數十二分。但最重要的還是馬締重視的滑順感，到底行不行呢？

岸邊吞著口水，慢慢地摸著紙張。一張、兩張，就像翻閱辭典般，一張張翻著紙樣。

房間在這一瞬間被靜閴籠罩。研發負責人終於忍不住開口詢問，他是一位大約三十五歲，戴著眼鏡的清瘦男子。

「怎麼樣？」

研發負責人既自信又不安地望著岸邊。

太完美了，正想這麼說的岸邊，卻因為緊張而聲音僵掉，慌張地清了一下喉嚨：

「太完美了！」

全場歡聲雷動，研發負責人興奮地高舉雙手，研發部長和業務部長握了手，宮本和業務課長則百感交集地擁抱。岸邊第一次看到這麼多中年男人毫不掩飾地表達內心的喜悅。

「太好了！」

宮本和課長擁抱完後，用白襯衫袖子擦了擦臉，太過激動以至於分不清是汗水還是淚水。

「我們也認為這次應該沒問題了，但聽到岸邊小姐說『好』的那一刻，真是太感動了。」

宮本似乎很信任我，信任我這個紙張的外行人……岸邊非常開心。想起和宮本多次開會的日子，現在終於做出了「極致的紙」，看到曙光製紙的每個人笑開的滿足表情，岸邊感動至極，眼淚都快掉下來了。

急忙別開視線，落在紙上。

曙光製紙開發的《大渡海》專門用紙，只有一句話可以形容：太完美了。每翻一頁，紙張都會吸附在指腹上，但不會一次吸附好幾頁，也不會因為靜電而沾黏在手指上。就像沙子乾掉後，自動地離開手指。

完美的滑順感。這紙張，馬締一定也會讚不絕口的。

「太好了，總算安心了。」業務部長興奮地說著：「紙的質感是很主觀的。要如何把玄武書房想要的感覺傳達給研發部的同事，我們的課長也費了不少苦心啊！是吧？浦邊先生。」

被部長這麼一說，課長不好意思地笑著說：「呃，沒有啦！」比起豪放粗獷的部長，課長倒顯得沉穩許多。

「我可是很嚴格地要求他們，」業務部長繼續說：「要做出『像個用情深厚，但離去時卻不拖泥帶水的女人』那樣的紙張。怎麼樣，這個比喻有清楚說明所謂的滑順感嗎？」

就算心裡不怎麼贊同，岸邊也只能微笑點頭帶過。這樣的比喻不但難懂，還會讓第一線研發人員一片尷尬吧！

「那麼，確定冊數和大致的頁數後，請通知我們。」

宮本忍不住插嘴，以免部長對岸邊說話不當變成性騷擾。並用眼神對岸邊示意：「對不起，我們部長就是這個樣子。」

「梅雨季前，辭典的後半部也會進入四校，到時立即聯絡貴公司。」

岸邊說完後，宮本再以眼神示意：「好的，完全沒問題。」

出版冊數和頁數確定後，就可以計算紙張的用量，開始抄紙。

「抄紙機也準備好了。」

研發部長興奮地說，研發負責人滿臉笑容整理著「極致的紙」，好讓岸邊帶回去。他裁成辭典開本的大小，把一百頁裝釘成一冊。

岸邊正擔心萬一判斷錯誤，那就糟了。還好他們讓我把紙帶回去，請馬締做最後確認，真是太感謝了。

提著裝有「極致的紙」的紙袋，岸邊準備離開曙光製紙，全員在電梯前目送岸邊離去。

「不重嗎？」

宮本看著紙袋，體貼地問。

「才幾本冊子，沒問題的。多虧了曙光製紙的各位同仁，替敝公司開發了這麼優質又輕薄的紙張。」

聽了岸邊的回答，宮本害羞地搔了搔鼻頭。

「我送岸邊小姐到樓下。」

說完後，和岸邊一同進了電梯。

「那就拜託了，今後也請玄武書房的各位多多關照。」

「彼此彼此，真的很感謝。」

互相鞠躬後，電梯門關上，岸邊突然意識到正和宮本兩人處於密室。

「啊，終算能安心，鬆了好大一口氣呢！」

宮本原本聳著的肩膀放鬆了下來。

「辛苦了。有了這麼好的紙，我們也要盡力做出內容最充實的辭典。」

「岸邊小姐。」電梯抵達一樓時，兩人走在前往大門的路上，宮本說：「今晚方便一起用餐嗎？慶祝『極致的紙』順利完成。」

玻璃大門外的天色已漸漸暗了下來。

「兩個人嗎？」岸邊問。

宮本點了點頭：

「兩個人不行嗎？」

「不，但是應該我請客才對，恭喜你完成『極致的紙』。」

兩人爭執了一會兒，宮本認輸了。

「我去拿上衣和包包，馬上回來，妳等一下。」

宮本說完後，連等電梯的耐心都沒了，急忙爬樓梯上去。

岸邊趁機打電話回編輯部。

「這裡是辭典編輯部。」

「馬締，我是岸邊。紙張很完美喔！」

「太好了！總算又完成了一件事。」

「紙樣在我手上，但今天可以不回公司嗎？」

「沒問題。只要岸邊確認沒問題，紙樣不拿回來也沒關係。」

「不，我明天會把紙樣帶去公司。另外……」岸邊好不容易說出口：「可以用公帳請宮本先生吃飯嗎？」

「當然。我現在正要和松本老師一起去七寶園，要會合嗎？」

馬締偶爾也有心思細膩的時候，但幾乎都表錯了情。

想和宮本單獨用餐的岸邊，慎重地拒絕馬締，預約了自己想去的店。

神樂坂的夜晚，和平常一樣帶著溼濡的光輝。

經過石板小路，岸邊為宮本引路到月之裏。推開紙格子門，櫃台內傳來香具矢「歡迎光臨」的招呼聲。她似乎盡力想表現得友善，但事實上光滑的臉頰皮膚卻只稍稍動了一下。明明能夠纖細地操弄調理刀，但在人際交流上卻依然一副笨拙的模樣。

宮本很好奇地望著民宅改建的店裡，被帶到吧台的座位，香具矢從裡面遞出熱毛巾。店裡的年輕服務生似乎因為感冒而沒來上班。

可能因為時間還早，店裡只有岸邊和宮本。開胃前菜是和式風味的紅葉鮟鱇魚肝佐柚子醋蘿蔔泥，兩人點了啤酒，乾杯。鮟鱇魚肝的濃醇口感在嘴裡化開。

香具矢依然面無表情，站在櫃台內做著菜。鮮度和厚度都很講究的綜合生魚片、豆皮內塞入滿滿的納豆後以平底鍋稍微煎過，算準時間一盤盤上菜。

「真好吃！」宮本開心地吃著料理：「真是家好店。」

「納豆和豆皮都是家常食材，但我就沒辦法煎得這麼香脆。」

喝完啤酒加點番薯燒酒，岸邊也跟著喝。香具矢似乎有點害羞地低著頭，今晚感覺就像女生版的高倉健，帥氣沉穩。

「我在辭典編輯部的歡迎會時，曾經來過一次。」

岸邊說完後，窺探著香具矢的表情，香具矢看起來沒什麼好隱瞞的模樣。於是繼續說：

「這位林香具矢小姐，是馬締的太太。」

「噗！」

宮本被燒酒嗆到噴了出來，慌張地拿熱毛巾擦著嘴。香具矢和岸邊對望，眼神裡說著：我們可不是在開玩笑啊！

「那位馬締先生，竟然結婚了。」

相較於香具矢的結婚對象是馬締，他更驚嘆的似乎是馬締已經結婚這件事。「到底是什麼樣的緣分……」

宮本話說了一半，發現這問法不太禮貌，於是含糊帶過。香具矢似乎一點也不在意，簡短回答：

「因為我們住在同一個寄宿處。」

《大渡海》用紙定案以及和宮本共進晚餐這兩件事，讓岸邊的心情非常高昂，以至於比平時更容易醉，臉頰已微微泛紅。藉著酒意，她鼓起勇氣問香具矢：

「可以請問妳看上馬締的哪一點嗎？」這麼問似乎很失禮，急忙又補上：「呃，雖然我知道馬締有很多優點啦！」

「全心投入辭典編輯的樣子。」

香具矢一邊仔細查看著烤土雞的火候，一邊回答。然後迅速盛盤，附上柚子風味胡椒，端上桌。土雞皮烤得香脆，鮮嫩的肉汁汩汩流出，兩人像在品嘗珍貴的果實般把雞肉放入嘴裡慢慢咀嚼。

「真好吃！」

岸邊和宮本異口同聲讚嘆，不自覺再追加了燒酒。

香具矢微笑著說：

「表達對料理的感覺不需要複雜的詞彙，只要一句『好吃』和享用時的表情，我們當廚師的就能得到回報。但想讓廚藝精進，詞彙就非常重要。」

第一次聽到香具矢說這麼多話，岸邊放下筷子，專注聆聽。

「我十幾歲開始踏入日本料理界，卻在遇見馬締後，才懂得詞彙的重要。馬締說過，記憶跟詞彙是很像的。香氣、味道或聲音，能夠喚醒埋藏多時的記憶；而那些混沌不明、彷彿沉睡著的心情與事物，詞彙則會讓它們甦醒過來。」

香具矢不停手地洗著碗盤，繼續說：「在吃到好吃的料理時，如何把味道經由詞彙轉成記憶，對廚師來說是很重要的一件事。是全心投入辭典編輯的馬締，讓我明白了這一點。」

情書寫得那麼怪異，在家裡卻能給香具矢工作上的建議，還甜言蜜語地傾訴愛意？完全無法想像的岸邊試著追問：

「馬締在家時，表達能力很好嗎？」

「不，他總是默默看著書。」

果然！

岸邊垂下頭。身旁的宮本卻不斷點頭，說：

「我懂妳的意思。我在紙廠工作，要將紙的顏色、觸感化成語彙傳達給研發人員，實在非常困難。但是，經過無數次溝通、討論，最後達成共識，漉出心目中想要的紙時，那種喜悅卻無可取代。」

能夠激盪出火花的東西，非詞彙莫屬。岸邊突然想到遙遠的古老年代裡，在生命出現之前包覆著地球的大海，是一團混沌、緩緩蠕動的濃稠液體。人類心中也有同樣一片大海，直到名為「詞彙」的雷電打下，萬物始生。愛也好、心也好，都因詞彙而有了形體，從闃黑的大海中浮現出來。

「辭典編輯部的工作還習慣嗎？」

被很少發問的香具矢一問，岸邊笑著回答：

「剛開始真的很不知所措，現在很開心，也做得很起勁。」

剛被調到辭典編輯部時，岸邊根本沒想過有這麼一天能開朗地回答。

兩組新客人進來後，香具矢也忙了起來。邊享用香具矢算準時機送上的茶泡飯、冰鎮過的水果、自製香草冰淇淋，岸邊和宮本一邊愉快地交談。

「和馬締一起工作是什麼感覺？」宮本趁香具矢不在時，小聲地問。「怎麼說呢，感覺不太好親近，像個怪人。」

沒有惡意，只是純粹好奇而已……

「這倒是。」岸邊認真地思考著，說：「舉個例子來說好了，我們曾因為男女之事而爭執。」

「什麼？」

「不是啦！是辭典中『男性』和『女性』這兩個詞的事。」岸邊急忙解釋。

宮本的臉上閃現恍然大悟的表情，接著說：

「我國中時曾經查過辭典裡的『女性』。」

「為什麼去查？」

「唉呀，青春期的男生，總是有很多遐想嘛！」宮本有點不好意思地解釋著。「結果書上寫的竟然是：『跟男性相反的性別』，讓我好失望。」

「你跟我一樣！」岸邊忘情地大聲說：「《廣辭苑》裡對『男性』的解釋是：『人的性別之一，不是女性的一方』；再查『女性』，則寫著『人的性別之一，身體器官能生育小孩的一方』。《大辭林》中，『男性』是『擁有讓女性懷孕的器官及生理機能的一方』；『女性』則寫著『擁有能生育小孩的器官及生理機能的一方』。」

岸邊氣呼呼地說完，宮本也歪著頭，說：

「妳的意思是，人妖也應該含納進去嗎？」

「對男女的性別用二分法來說明，以生物學的角度來看，有點過時了吧？為了說明一個字而拿出另一個字，定義為『這個的相反』，是辭典裡常見的方式。但是，『右』和『左』的說明卻非常詳細。」

「有多詳細？」

「你可以自己查查手邊的辭典。」

岸邊吃完冰淇淋，喝著熱茶：「就算這是辭典的特性，但以懷孕生育來介定男女，豈不是太瞧不起人了？況且現在還有不少性別認同障礙的人。『不是男性的性別，以及，自認為是女性的人』這樣的釋義也不夠，應該要更全面一點。但是馬締卻不同意，還說：『現在這麼寫，為時尚早了吧？』——『為時尚早』耶，現在誰會這樣講話啊！」

宮本居然沒站在馬締那一邊，說了一番令人欽佩的話：「我反而覺得岸邊小姐說的很有道理。為了那些對性別懵懂而查閱『男性』和『女性』的中學生們，應該要有更開放且深入的解釋才是。」

「再怎麼開放，但辭典始終有它保守的一面。」岸邊嘆了氣：「有時候讓人覺得像個頑固的大叔。」

「馬締嗎？」

「辭典啦！」宮本故意揶揄，岸邊爽朗地笑著說：「雖然很頑固，卻很可靠，也令人敬重。這次的工作讓我有機會了解辭典，我還是第一次學到這些。」

吃完飯，兩人還意猶未盡，於是又轉往附近的酒吧。第二間店由宮本買單。

正要攔計程車時，宮本說：

「岸邊小姐，可以給我妳的手機號碼和電子信箱嗎？」

當然可以，岸邊急忙從包包裡拿出手機，用紅外線通訊交換了聯絡方式。兩個手還沒有握過的大人操作著無線裝置，讓彼此的手機先親吻般地碰在一起。岸邊覺得很有趣，呵呵笑著，或許帶有幾分醉意；宮本也跟著笑。

宮本為岸邊攔了一輛計程車，揮著手道「晚安」。岸邊也揮手回禮，宮本還站在路旁，車子已經開走。

毘沙門天的紅色大門漸漸變小。

握在手上的手機震動著，有新簡訊。

主旨：謝謝招待

內文：今天很開心，我也會盡全力為《大渡海》努力。下次還能一起用餐嗎？

岸邊也速迅回覆，望著車窗外夜晚的街景。今天也有很多詞彙在空中交錯飛舞。愉悅的心情和完全放鬆的表情，或許會讓司機覺得怪異吧！岸邊輕咬著嘴巴內側黏膜，收斂起臉部放鬆的肌肉，勉強維持著正經的神情。

第五章

「岸邊最近工作特別起勁。」馬締光也從旁看著辦公室裡正在講電話的岸邊綠，心裡這麼想。

儘管為秋天的花粉所苦，岸邊仍對著話筒開朗得體地回應著。口罩遮住了下半張臉，但皮膚和頭髮都泛著美麗的光澤。

不行！再想下去就要變成性騷擾了。馬締將視線拉回桌上攤開的四校稿，只留耳朵還聽著岸邊的話。不是因為愛慕岸邊，而是電話那頭是個難纏的傢伙。

辭典編輯部常常接到使用者打來的客訴電話，指正錯誤啦、為什麼不收錄這個詞啦，什麼意見都有。為了做出更好的辭典，玄武書房辭典編輯部很重視使用者的意見，要求大家仔細聽取並做成紀錄。

但也有難應付的電話，正在跟岸邊講話的人就是其中之一，編輯部幫他取了一個綽號：「へ[1]先生」。

へ先生一到氣候變換的時節，也就是春秋兩季，幾乎每天都會打電話來問關於「へ」的問題。不論是說話時提到，或是在報紙上讀到，他總是特別在意「へ」的用法。

的確，日本人很常用到「へ」這個助詞，多半是信筆拈來或脫口而出，真要一一追究可是沒完沒了。這回へ先生的問題是：「這種狀況下的『へ』是《玄武學習國語辭典》中『へ』的第幾個意思？」雖然很想直接回他「誰知道啊！」，但岸邊仍拿出耐心，親切回應。和曙光製紙的宮本交往後，岸邊工作起來似乎更有鬥志了。

「『射向月亮的火箭』的『向』是表示方向的『へ』，所以應該是說明①。『到家後，就被母親罵』的『到』應該是說明④喔！是的，語意中帶有『急迫』感。」

岸邊這麼回答，但馬締心裡卻響起「呃，應該不對」的聲音。

如果句子是「才到家，宅配就送達」，那的確是④，因為有「急迫」感。馬締在心裡分析。

但「到家後，就被母親罵」的「到」則是說明②：「表示動作或作用的歸著點」才對吧？

嗯，是這樣沒錯……

馬締心想，應該告訴岸邊正確的答案，便站起來準備離開座位。這時，剛好松本老師從洗手間回來，視線掃遍編輯部的老師察覺了狀況，示意馬締坐下。

「岸邊應付得來的。」

「但是，岸邊回答錯了。」

「へ先生真正想要的，是辭典編輯部的人陪他思考、一起找出答案。要是馬締接過

1 日文裡的助詞，發音為[e]，有「動作的方向」或「作用的歸著點」等意思，類似中文「到」、「往」之意。

電話、一一解答，反而會讓事情變得複雜。」

馬締覺得有理，於是重新坐下。松本老師也回到旁邊的座位，繼續處理四校稿。

看著松本老師的側臉，馬締擔心了起來。老師的臉色不好，而且似乎又瘦了一點，只是老師原本就清瘦如鶴，看起來不是那麼明顯。

「老師，累了吧？」

看著時鐘，正指在六點。松本老師今天一早就待在編輯部，午餐好像也沒怎麼吃。

「今天就做到這裡吧，方便的話，我們找個地方吃晚餐吧！」

馬締相邀，老師總算放下紅筆，從稿子中抬起頭來。

「謝謝。但你吃完飯還要回來工作，不是嗎？」

「不要緊的。」

馬締的確打算一直做到末班電車時間為止，但晚餐還是得吃。拿起掛在椅背上的西裝外套後，馬締摸摸口袋，確認皮夾在裡面。

「您想吃什麼？」

詢問松本老師的同時，一邊幫忙把桌上的文具收好，老師慢條斯理地把鉛筆和橡皮擦放回用舊了的皮革筆袋裡。

「整天都坐著，肚子不太餓，蕎麥麵怎麼樣？」

「好，我們走吧！」

馬締提著老師的包包，跟工讀生說：「我們去吃飯。」在一片「請慢走」聲中，兩人步出編輯部。

ヘ先生對助詞「ヘ」的探究，似乎更起勁了。

老師緩緩踩著別館昏暗的樓梯。

老師的年紀已經這麼大了啊！馬締緊跟在老師身旁，滿心感慨。這也難怪，第一次見到老師，已經是十五年前的事。本來就已白髮蒼蒼的老師，現在到底幾歲了？

真想早點完成《大渡海》。就是因為還有一步之遙，馬締心中的焦躁越來越強烈。不快一點就來不及了。「什麼來不及，烏鴉嘴！」連忙打消念頭。

松本老師的公事包似乎塞滿了資料，跟以前一樣沉甸甸的。提得動這麼重的包包來玄武書房，身體應該還很硬朗吧！即使不像以前那樣喜歡去七寶園吃中華料理了。

馬締吃完飯還要回公司加班，老師也許只是不想耽誤他太多時間。另一個可能是，身體真的出問題了。

察覺到馬締的視線，老師有點不好意思地笑了。在樓梯轉彎處停下腳步，稍稍調整呼吸。

「不服老不行啊，最近才走幾步就上氣不接下氣。」

「那……叫外賣吧？」

「不用不用，只有我吃完就回家，影響到大家的工作情緒就不好了。而且，我也想呼吸一下外面的空氣。」

老師繼續下樓，一邊說：「今年夏天太熱，我吃不消，身體不太好。不過天氣已轉涼了，體力應該很快就會恢復。」

走出玄武書房的別館，前往神保町十字路口的途中，正如老師所說，輕拂而過的微風已經帶著涼意，天色也比之前黑得更快，大星星高掛空中，閃爍著銀色的光芒。

常去的蕎麥麵店裡，幾個上班族客人專注地填飽肚子。老闆娘體貼地讓馬締和松本老師坐在看得到電視的位子上，順便把電視音量調大。這是為了方便松本老師。老師每次來用餐，手裡總是拿著用例採集卡，認真聽著電視傳出的聲音。

這家店的菜色不多，馬締和松本老師都不用看菜單就能點菜。

「老師，喝一杯嗎？」

「不，今天不喝了。」

果然是身體不適吧！平常老師一定會點二合溫日本酒，慢慢享用。

「因為這禮拜在家喝過了。」

老師這樣解釋，馬締更擔心了。

剛好老闆娘來，馬締點了年糕烏龍麵，松本老師點了山藥泥蕎麥麵。

「馬締已經成為能獨當一面的大人了呢！」點完餐後，老師對馬締說：「讓你這樣為我操心，真是慚愧。」

第一次見到老師，我就已經是大人了啊！馬締心中存疑，但突然想起當時的自己，確實是連一杯啤酒都倒不好啊！

剛被調到辭典編輯部時，對編辭典一竅不通，同事相處也不順利，每天的心情就像被矇住眼睛往前走一樣，十分不安。

但現在，《大渡海》的編纂幾乎由馬締獨撐大局，指導五十幾位工讀生，連日和宣傳廣告部及業務部開會，利用空檔改稿，有時也指導部下岸邊，儼然是天生的編辭典專家。

「還有好多地方顧不來。」

馬締有點不好意思，喝著店家端上的熱茶。松本老師在用例採集卡的角落寫下「百冒汗（？）」幾個字。電視正播出「突然冒汗——解開自律神經之謎」節目，畫面中主持人訪問著街上的男女老少，兩個高中女生說：「對！沒做什麼就一身汗，真的真的！」、「百冒汗呢！」、「嗯啊，超百冒汗的！」老師聽了，立即做筆記。

您誤會了，老師。高中女生說的「百冒汗」，恐怕不是指自律神經失調的症狀。純粹是今年夏天太熱了，取「百慕達」的諧音當流行語講好玩的。這種女高中生們胡亂演繹的詞彙，用不著收錄的。馬締很想這麼說，但看到老師認真的模樣，當下便把話吞了回去。

年糕烏龍麵和山藥泥蕎麥麵送上來時，老師才停筆。

「目前進度如何？」

「嗯，照計畫進行中，明年春天應該可以出版。」

一邊吸著烏龍麵和蕎麥麵的，馬締和松本老師一邊交談。

「等了真久啊！」

松本老師用木湯匙舀起山藥泥，微笑著說：「不過，辭典的精進之路，可是完成後才開始的呢！為了精益求精，出版後仍要持續蒐集新詞彙，為修訂、改版做準備。」

日本最大的辭典是《日本國語大辭典》，出版之後隔了二十四年才推出第二版，收錄的詞條也從四十五萬則增加到五十萬則。編輯和執筆者為了因應用語變化快速的實際狀況，不間斷地收集，才完成這部寶貴的辭典。

「老師的話我謹記在心。」

馬締咬著年糕，認真地點了點頭。從嘴唇垂下拉長的年糕，像一片白色的大舌頭搖晃著，碰到了下巴，有點燙。

松本老師連吃飯時也和平常一樣，滿腦子都是辭典的事。老師的眼神看向遠處，若有所思地說：

「馬締，如你所知，《牛津英語大辭典》和《康熙字典》是在隸屬於王室的大學或當權者的主導下編纂而成的，也就是說，由官方出錢編製。」

「對資金不足的我們來說，真令人羨慕。」

「的確。但你知道為什麼要動用國家資本來編纂辭典嗎？」

正咬著烏龍麵的馬締停下筷子，回答道：

「因為國語辭典的編纂，能鞏固國家的威信，不是嗎？語言文字是民族認同的要素，為了凝聚國人的向心力，某種程度上，語言文字的統一是有必要的。」

「正是如此。但回顧日本的歷史，卻幾乎沒有官方主導編纂的國語辭典。」松本老師的蕎麥麵還剩一半，卻放下了筷子。「日本近代辭典的濫觴，可說是大槻文彥的《言海》。但大槻沒有得到政府半點補助，一生獨力編纂，最後還自費出版。現在的國語辭典也不是由政府主導，而是各出版社自行製作。」

難道老師是要我明知不可而為之，試著去申請政府補助嗎？馬締吞吞吐吐地說：

「政府和公部門對文化的敏感度，實在很低。」

「我年輕時也想過這個問題，覺得要是有多一點資金就好了。」老師雙手交叉在胸前：「但現在卻覺得，這樣反而好。」

「怎麼說？」

「一旦國家挹注資金，政府就會插手。又因為事關國家的威信，語言文字反而容易淪為威權的工具，而非原本活生生的樣貌。」

「詞彙，或收錄詞彙的辭典，經常處於個人和權力、內在自由和官方支配的危險夾縫中。」

目前為止，馬締只是一心一意地沉浸在編輯作業的美妙世界裡，完全沒想過辭典竟有政治影響力。

松本老師靜靜地說：

「因此，就算資金不夠，也不該由國家出錢，而是由出版社，就是像你我這樣的個人費時耗日，腳踏實地編纂。因此，我們要對自己正在做的事引以為傲。我編了半輩子辭典，現在更確信這一點。」

「老師……」

「詞彙、和創造詞彙的心應該要是自由的，不能被當權者及威權掌控；一定得這樣才行。為了徜徉在文字大海上的人們，我們要打造一艘辭典之船。為了讓《大渡海》成為這樣的辭典，我們繼續加油吧！」

松本老師的語氣雖然平靜，但其中隱含著熱情，像海浪般在馬締的胸口掀起一波浪潮。

用完餐走出店外的馬締，硬是招了台計程車，把老師和公事包推入車裡。怎麼能讓沒有食慾的老師搭電車回去？同時，把公司的計程車券塞入老師手裡。

「再見，老師。下次還要再請老師多多指教。」

松本老師一臉歉意，坐在車窗內，垂著頭。目送計程車離去後，馬締回到編輯部，心中重新燃起編纂《大渡海》的鬥志和動力。

和松本老師交談後的第三天。

那是一個晴空萬里的好天氣。就算待在連窗邊都被書櫃埋沒的編輯部裡，也有一股清爽的舒暢感。

馬締像平常一樣坐在辦公桌前，荒木突然慌慌張張地跑進來。

「馬締，不好了！」

荒木手上拿著很大一張紙，編輯部裡現正進行著四校作業。

沒見過荒木這麼慌亂的樣子，馬締不由自主地站了起來，但荒木沒有放慢速度，反而衝過來把手裡的紙攤開在馬締桌上。

「你看這裡。」

荒木指著「ち」開頭的單字頁。「少了【血潮】！」

「什麼?!」

馬締將快要滑落的眼鏡推正，盯著四校稿，稿子上依序列著【致死遺傳子】、【千入】、【知識】。如荒木所言，沒有「血潮」這個詞[2]。

「真是血流成河的失誤。」

「馬締，現在不是說冷笑話的時候啊！」

自己真心的感嘆竟被荒木當成玩笑，馬締臉上的表情瞬間凍結，血色迅速消失；好不容易才回過神來，思考對策。

「已經做到四校，只能在這裡調整行數，把【血潮】插進去。」

荒木苦著臉點頭。

「應該只有這一項吧？問題是，為什麼前面三校都沒有人發現呢？」

「我們地毯式檢查一遍，包含工讀生在內，所有人都先放下手邊的工作，重新核對一次四校稿。」

想到浪費了許多時間，馬締就覺得快要昏過去了，但總比沒發現好。馬締又提議：

「也要想辦法法弄清楚，為什麼【血潮】會漏掉。」

因為事出突然，岸邊和佐佐木及在場的所有工讀生都聚集到馬締的桌邊。「佐佐木小姐，請查一下用例採集卡。」

遵照馬締指示，佐佐木小姐立即跑到存放卡片的資料室架子前。

「馬締主任，確實有【血潮】的用例採集卡。」

隨即跑回來的佐佐木，把【血潮】的相關資料遞給馬締：「上面標有表示『收錄』的記號，稿子也是主任寫的。」

連稿子都寫好了，那應該是整理時漏掉的。佐佐木拿來初稿到三校的稿子，【血潮】這個字忽然消失了。

馬締站了起來。

「各位，對不起，發生了緊急狀況。請中斷手邊所有工作，協助四校的檢查。」

編輯部裡突然瀰漫著一股緊張氣氛，大家默默地等候馬締指示。馬締說明檢查流程：「現在只能重新一個一個檢查用例採集卡中標註『採用』的詞，是否全部收進稿子裡，能幫忙的人請過來。我們會分配每個人核對的分量，請小心檢查被分配到的頁數。不論花多少天，就算得在編輯部過夜，也一定要完成。」

---

2 依日文讀音，正確排序為致死遺傳子（ちしいでんし）、千入（ちしお）、血潮（ちしお）、知識（ちしき）。其中「致死遺傳子」指致死基因，「千入」指反覆浸染的染布方式，「血潮」指血液流動的樣子。

馬締盯著在場每個人的臉：「《大渡海》必須成為沒有任何漏洞的船！」編纂作業已經進入最後階段，沒想到卻出了這麼大的紕漏，但此刻沒有閒工夫怨嘆了。荒木和佐佐木、岸邊及工讀生已經蓄勢待發，一臉「既然如此，我們絕不辱命！」的神采。

「各位，請先回家準備過夜用品，今晚開始我們要密集趕工，日夜不停地完成檢查作業。」

對於馬締的宣告，沒有人有一絲猶豫。岸邊立即就著電腦打起電子郵件，可能想告訴宮本「最近恐怕無法見面」。工讀生們也幹勁十足地說：「拚了！」甚至有人提議：「回研究室把同學找來吧！」反應雖然不一，但都很積極。所謂越挫越勇，指的就是眼前這一幕吧！

看到大家堅定的模樣，馬締不自覺地低下了頭。

從西岡調職到岸邊報到前的那段時間，馬締是辭典編輯部唯一的正職員工，一個人默默地做著《大渡海》的編纂工作。雖然偶爾會碰到挫折，哀嘆著或許終究無法看到完成的一天，但也一直說服自己這一切絕不會白費，何況現在有這麼多人為了《大渡海》積極向前。

大家來來往往於編輯部時，電話響了。岸邊立即拿起話筒，馬締心想，這個節骨眼上不會又是ㄟ先生吧？哪還有辦法分神應付他。但和電話那頭講了兩、三句話後，岸邊的表情卻明顯沉重。

「馬締。」

結束通話後，岸邊寫了紙條遞給馬締：師母打來，松本老師住院。

岸邊的紙條上，寫著都內某間大醫院的名字。雖然還不清楚是什麼病，但一股不祥的預感襲來，馬締不知如何反應才好

因「血潮事件」而人仰馬翻的密集校對作業，被說成「神保町玄武書房地獄留宿總動員」，在各出版社辭典編纂相關工作者間不斷流傳著。

置身在這股漩渦中的馬締無法預料未來的事，只能專注於眼前的工作。

馬締和荒木來到醫院探訪松本老師。老師上午剛做完檢查，正坐在病床上看電視，手裡寫著用例採集卡。

不愧是老師，就算住院也還是把辭典放在第一位。馬締不由得衷心佩服，也為老師的氣色比想像中好很多，暫時鬆了一口氣。

看到馬締和荒木來，老師有點不好意思地說：

「讓你們特地跑來，真抱歉啊！一定是內人大驚小怪聯絡了你們吧？其實只是住院一週做檢查而已。不服老不行啊，年紀到了，有的沒的毛病都來了。」

老師身旁的師母，面帶歉意地鞠了躬。總是把辭典放在第一的老師，應該是不及格的丈夫吧？但實情卻出乎馬締預料，老師和師母的感情似乎很好，師母正貼心地把針織衫披在老師肩上。

「老師，您不要勉強。」荒木故意這麼說：「趁這個機會好好休養吧！」

「這麼關鍵的時刻，我真是太沒用了。」

憾恨之情溢於言表，老師問：「《大渡海》的進度還順利嗎？」

馬締和荒木互望，異口同聲回答：「順利。」

不能讓老師擔心，「血潮事件」當然不能說。

探視完松本老師、和荒木告別後，馬締回到位於春日的住處，拿換洗衣物。

馬締和妻子香具矢居住的木造二層樓房屋，原本專門租給學生。玄關處掛著的「早雲莊」字樣，就是當時留下來的。

馬締是早雲莊最後一位學生房客，十年前房東竹婆過世，做為租屋處的早雲莊也走入歷史，落下最後一幕。竹婆死後由孫女香具矢繼承早雲莊，和已經結為夫婦的馬締小心地維護這棟古老建築，繼續住在這裡。

竹婆生前，待最後一位學生房客馬締就像對家人一樣，馬締的藏書不斷增加，入侵一樓全部房間，竹婆一句怨言也沒有。看著工作和戀愛都不順的馬締，竹婆也總是暗中默默支持、關心。

馬締和香具矢結婚，竹婆比任何人都高興。能和竹婆及香具矢在早雲莊過著新婚生活，對馬締來說，是一段快樂又溫暖的珍貴回憶。

某一年冬天，竹婆在溫暖的被窩中沉睡時，安詳地告別了人世。醫生說是心臟衰竭，但其實就是壽滿天年。竹婆晚年食量小，爬樓梯比較吃力，大部分時間都待在二樓；過世前一晚，有點快要感冒的樣子。就算有些小毛病仍堪稱硬朗的她，在毫無預警的狀況下突然去世，馬締和香具矢都驚愕不已。唯一能安慰人心的是，竹婆臨終前沒有承受太多痛苦，走得非常平靜。

忙完竹婆的喪禮後，馬締和香具矢坐在少了竹婆的暖爐桌前，才發現虎爺不見了。在附近找了很久，也問了衛生所，等了好幾天還是沒有回來——虎爺失蹤了；或許是察覺到疼愛自己的竹婆往生了，去旅行調適心情吧！

終於接受虎爺不會回來的事實後，馬締和香具矢從竹婆過世後一直克制著的眼淚終於潰堤。兩人手牽手放聲大哭、淚流不止，悲慟到幾乎無法呼吸的程度……

拉開玄關的格子門，馬締看向二樓，說：「我回來了。」

虎郎出來迎接。虎郎是他們現在養的貓，一隻體型雄偉的虎斑貓，幾年前開始在早雲莊出沒，和虎爺長得很像。馬締推測牠應該是虎爺的兒子或孫子吧！

虎郎跟在馬締腳邊，踩著會發出軋軋聲的舊木頭樓梯。因為一樓除了廚房、浴室和廁所外，所有房間都堆滿了書，馬締和香具矢的生活空間主要在二樓。

「咦，你回來了。」

香具矢一副沒睡飽的樣子，從二樓最邊間的房間探出頭來：「怎麼這麼早，是不是不舒服？」

「不是的。」馬締走進二樓中間的臥室，從衣櫃裡取出換洗衣物：「因為發生了一點事，這段時間可能得睡在編輯部。」

香具矢一臉擔心，但沒有追問。馬締對辭典的付出，她再清楚不過，不會多說什麼讓他煩心。馬締也不想讓已經為料理耗費心神的香具矢擔心，所以沒有說出細節。

香具矢正打算起床，馬締急忙阻止。

「妳睡吧，沒關係。」

完成早上的採買和準備後，香具矢趁開店前的短暫空檔補眠。

「小光，午飯吃了嗎？」

對了，還沒吃，我都忘了。不擅長說謊的馬締愣了一下答不出口，香具矢在睡衣外面披上一件針織衫。

「我馬上做。」

「可是……」

「有時間吃完再走吧？我也有點餓了。」

香具矢起身往一樓的廚房走去，虎郎滿懷期待地跟在身後，下了樓梯。

二樓最靠近樓梯的房間，是馬締夫婦的起居室，室內的擺設和竹婆在時一樣。這個季節還用不到暖爐桌，擺著的是小茶几，牆邊則是舊櫃子。窗外可以看見曬衣場和秋天的天空。

和以前不一樣的是多了一個小小的壇位，陳列著竹婆的牌位和遺照，和竹婆丈夫的牌位及遺照並列。香具矢的祖父很早就過世了，她沒有見過，從照片看來是個帥氣男子。每次看著他的眼睛，馬締都覺得香具矢長得很像祖父。

把換洗衣物和刮鬍刀放進行李袋，稍微喘了口氣的馬締，在壇位前上了香，雙手合十。香具矢端著放有料理的托盤走了進來，虎郎緊跟在後。

「久等了。」

「謝謝妳，那我開動了。」

「開動吧！」

兩人面對面坐在小茶几前，拿起筷子。烤鮭魚、煎蛋、燙菠菜，外加豆皮豆腐味噌湯，湯頭濃郁，味道十足。

「我好像做成早餐的菜色了。」
「不會啊，跟平常一樣好吃。」
馬締這麼說，香具矢有點害羞地低下頭，加速拌著筷子。虎郎看著鮭魚，喵喵地叫。
「虎郎有脆脆的飼料喔！」
被香具矢一說，虎郎不情願地把臉埋回角落的貓碗裡。
「我剛才去醫院探望松本老師。」
「咦？」香具矢停下筷子，嚥下嘴裡的食物：「松本老師怎麼了？」
「住院一星期做檢查。」
「這樣啊，不會有事吧？」想起竹婆走得突然，香具矢繼續說：「如果松本老師想吃什麼，我可以做了送去。你有機會問問他。」
「好。」
「上了年紀，不能不注意身體。」
「對了！」
「什麼？」
馬締停止咀嚼，端正坐好。
「松本老師到底幾歲，妳知道嗎？」

「不知道。」

兩人互相對望了一會兒，輕輕吐了一口氣。

「認識老師十五年，他還真是沒什麼變。可能超過九十歲，也可能只有六十八歲，完全看不出年紀。」

「編辭典的人，好像都有一點脫離世俗。」馬締有聽沒有懂地點點頭，香具矢補上一句：「小光也是。」又說：「老師說不定比想像中年輕，一定很快就能康復。」

「也對。」

吃完飯，馬締提著行李袋準備出門，走了幾步回頭，看到香具矢還站在玄關處，手裡抱著的虎郎正打著大大的哈欠。

「對了，我們部門的岸邊小姐和曙光製紙的宮本先生交往了。」

「果然，他們來店裡時，聊得很投機。」

「嗯，妳的觀察力始終這麼敏銳。」

馬締和香具矢微笑著互相揮手。

流傳許久的「神保町玄武書房地獄留宿總動員」，事實上長達一個月。

馬締和岸邊幾乎整個月都住在編輯部，偶爾回家拿換洗衣物又馬上進公司，連和妻子及戀人好好說句話的空檔都沒有。

馬締對佐佐木和工讀生們叮嚀了好幾次「不要勉強」，要大家回家休息，但沒什麼人照辦，總是住上好幾天甚至一星期，默默趕著進度。

「我來核對就行了，你們回家去，快回去。」荒木因為太太過世，一個人在家只剩寂寞，索性攬了最多工作在身上，整整一個月沒有回家。

問題是編輯部裡累積了薰天臭氣。此時的辭典編輯部成員眾多，窗戶卻因為被書架擋住而無法打開。人的體味、紙張散發出的大量粉塵味，以及油墨味摻雜在一起，讓辦公室的空氣變得很混濁。待在編輯部時，因為大家共處一室而沒有察覺，一旦外出吃飯再回來，每個人都會皺起眉頭：「哇，這空氣也太可怕了。」

雖然快入冬了，但不洗澡、不洗衣服還是不行。

玄武書房本館設有小淋浴間，大家會輪流去那裡洗澡。結果其他部門向公司告狀說「從早到晚都被辭典編輯部占用」，於是馬締等人改去神保町僅有的一間澡堂。一時間，那裡儼然變成辭典編輯部的專屬澡堂，老闆也樂得開懷。

「就是沒辦法洗衣服。」

用毛巾包著洗好的頭髮，素顏的岸邊回到編輯部時，深深地嘆了一口氣。學校附近常見的投幣式自助洗衣店，在神保町卻完全看不到。

「雖然附近有好幾所大學，但住在神保町的學生其實不多。」
「就是啊，而且沒有人會在逛舊書店時順便洗衣服吶！」
「喜歡古書的人比較像植物，對洗衣服沒有興趣吧！」
岸邊和佐佐木一來一往地說著。
我喜歡古書，但我不是植物，而是雜食動物；馬締在心裡嘀咕著。逛古書店時腦袋裡當然只有古書啊，這還用說嗎？這種時候若去想洗衣服的事就太散漫了，是不及格的古書愛好者。馬締偷偷聞了袖口，自認沒有異味，但也沒有把握就是了。
最後成立了「洗衣小組」，大家把衣服放進大袋子裡，輪流負責拿到春日或本鄉的投幣式洗衣店，整批洗好再帶回來。洗衣服費用平均分攤，內衣褲則盡量買新的或在廁所洗。玄武書房別館的女廁多了晾內衣褲的架子，男生則把內褲晾在架在書櫃間的長棍上，像萬國旗海般形成一排排內褲旗。不用說，女生們抱怨連連。
「現在是非常時期，大家將就一下。」
馬締向大家鞠躬致歉，並要求乾了要立刻收起來，總算平息了眾怒。
全員忙著四校的空檔，馬締跟著曙光製紙的宮本及技術人員去了幾趟印刷廠。辭典的頁數多、印量大，又因為使用很薄的紙，印刷上需要精密的技術和細膩的操作，印刷廠用「極致的紙」反覆試印著。

油墨調配上的細微差異，會影響紙張的著墨程度、色差和濃淡。什麼樣的油墨配方最適合「極致的紙」？機器要如何調整才能印出易讀又精美的效果？印刷廠、紙廠和馬締一再討論，甚至親自到工廠直接向熟練的印刷師傅請益。

印刷方式才剛敲定，又被社內美術設計叫走。《大渡海》的裝幀是由玄武書房裝幀部一位四十幾歲的男同事負責，因為他無視季節變換，總是和《少爺》裡的主角一樣穿著紅色T恤，所以大家叫他「紅衫男」。這位紅衫男雖然也是個怪人，卻開朗又活力洋溢。

在西岡的努力下，《大渡海》的宣傳計畫成了玄武書房的大案子。配合出版時間，張貼在車站的大海報、放置在書店的傳單等都要統一主視覺，再委託廣告公司提出宣傳計畫。紅衫男負責《大渡海》最重要的裝幀設計，一副躍躍欲試、鬥志高昂的神態。

「麻締，」馬締才踏進裝幀部，紅衫男立即靠上前：「完成了、完成了，《大渡海》裝幀的最終提案完成了！」

馬締被拉著袖子帶到紅衫男的辦公桌前，桌上擺著以高性能印表機印出的《大渡海》裝幀設計稿。包括書盒、書盒上的書腰、書衣、封面、蝴蝶頁，甚至還有書頭布的樣本。

「儘管辭典在使用時，書盒、書腰、書衣多半會被拿掉，我還是很用心地設計了每個環節。」

顧不得一臉想炫耀的紅衫男，馬締的眼光早已被桌上的設計提案吸引。

《大渡海》的書盒、書封和書衣，都是夜晚海洋的深藍色調，書腰是月光般淡淡的奶油色。翻開書封，蝴蝶頁也同樣是奶油色。裝飾於書冊上下、遮住裝訂痕跡的書頭布則是銀色，在夜空中閃閃發亮。

書名「大渡海」三個字也是銀色，厚重的字體在靛藍的底色襯托下，彷彿浮在大海上。細看之下，書盒和書衣下方，有著像波浪般的銀色細線。書脊繪有一艘古帆船小圖，正航行在起伏的海浪上。封面和封底印著小小的上弦月和舟的標誌。

《大渡海》想表達的主旨，紅衫男如實地辦到了。感謝之情塞滿胸臆，馬締對著設計稿看了又看、停不下來。

「怎麼樣？」紅衫男似乎有點不安，忍不住打破沉默問道。

「很精準，而且有溫度，」馬締突然回過神來：「我覺得這個設計非常好，業務部的人怎麼說？」

「他們還沒看過呢，我想先給麻締看啊！」

紅衫男總是把馬締叫成麻締。

「謝謝。但這是燙銀嗎？」

馬締指著書盒和書衣問，燙銀可以展現出華貴的質感，卻要花不少錢。

「別擔心，印刷技術可是日新月異唷！麻締，我會要求印刷廠『做出像燙銀的感覺』。不過封面的確是燙銀，但是在預算之內。」紅衫男得意地說：「這些我都考慮進去了。」

「真是太感謝了！」馬締感激萬分：「就這麼定案吧！要是業務部有意見，我會全力護航的。」

裝幀拍板定案，感覺雙肩背著的重擔，好不容易卸下了一邊，腳步變得輕盈的馬締回到辭典編輯部。

桌上堆滿了檢查完的四校稿，一部分準備送回印刷廠，要請印刷廠開始印第五校的稿子。

一山又一山的稿子。

馬締重新整頓心情，拿起紅筆，開始仔細檢查四校稿是否有行數變動的地方。

全員出動的四校檢查進入尾聲，一個月來發現，除了【血潮】外，沒有其他遺漏。當然，因為全部重新校對的關係，也找出之前沒校到的錯字和漏字，同時針對有爭議的釋義進行討論，也算有成果。

「不過，還真是雷聲大，雨點小啊！」

就像荒木說的，結束長達一個月留宿編輯部的大工程後，大家已經累得人仰馬翻。

「讓大家做了許多白工，真是對不起。」

馬締看著大家疲憊的臉，再三道歉。

「別這樣說，謹慎永遠不嫌多。」

「因為仔細檢查過了，反而放心。」

學生們接二連三地這麼說，雖然身心疲憊，卻充滿了成就感。大家開心地整理行李，準備回到久違的家。

《大渡海》能遇到一群這麼好的工作人員真是太幸運了，馬締站在編輯部門口，目送回家的學生們。

歷經「地獄留宿總動員」後，馬締對《大渡海》的具體樣貌有了踏實感。被那麼多雙眼睛檢查過的稿子，幾乎沒有錯字和缺字了。「血潮事件」儘管耽誤了整體進度，令人懊惱，但也讓《大渡海》免於出版後才被批評的最糟狀況。同時在這次修正中，補齊了其他詞彙，充實了釋義的內容。

《大渡海》是一本內容完整且精確度高的辭典，應該會成為使用上或閱讀上都讓人樂在其中的辭典。經歷了留宿總動員後，馬締更加確信這一點。

看到岸邊還留在編輯部，馬締對她說：

「岸邊，辛苦了。今天早點回家好好休息吧！」
「好。那……馬締你呢？」
「我打算和荒木一起去松本老師家探望。」
當初說是住院一星期做檢查，但留宿期間始終不見松本老師來到辭典編輯部。師母打過一次電話來，說「老師還沒完全恢復」後就音訊全無。雖然心裡一直很掛念，但當時實在抽不出時間。
趁著《大渡海》的編輯作業再次回到預定的軌道，馬締和荒木打算去松本老師家看看。岸邊原本也想一起去，卻掩不住疲憊臉色。馬締說服岸邊回家休息、確認隔天的上班時間後，在玄武書房別館的門口和岸邊道別。
松本老師住在千葉縣的柏市，荒木似乎也沒去過老師家。馬締和荒木一起從神保町搭地鐵，對照地址，往東邊出發。
離下班的尖峰時間還早，馬締和荒木並肩坐著，膝上放著公事包和蛋糕盒。公司附近有家老字號蛋糕店，松本老師很喜歡這裡的巧克力閃電泡芙。
馬締買伴手禮的時候，荒木一直默默不語，終於在電車裡開了口。
「剛才我打電話過去，說我們現在去拜訪，剛好是老師接的電話。」
「老師怎麼樣？」

「嗯，聲音聽起來滿有精神。但如果是這樣，為什麼不來編輯部呢？我想不通。」

因為不知道路，所以從柏市車站搭計程車，約五分鐘後抵達老師家，是一棟小巧古老的獨棟民宅。

按了對講機後，師母隨即開門，帶他們來到客廳。不出所料，老師家滿是藏書。所有牆壁都設成書櫃，書櫃前的地上，書本也堆到半個人高，走廊、樓梯等通道只剩下一個人勉強可通過的空間。

師母和老師的小孩不會抱怨嗎？馬締嘆為觀止，不由得看傻了。帶著些許霉味的屋內，或許是因為紙的吸音作用，有種靜謐的氣氛。

師母端來三人份的紅茶和巧克力閃電泡芙。

「謝謝你們帶這麼好吃的甜點來，直接拿來招待你們，真不好意思。」

師母鞠躬致謝，馬締和荒木覺得很不好意思。客廳的門被打開，松本老師走了進來。

「讓你們老遠跑來，真抱歉。」

見到松本老師，馬締一時之間說不出話來。原本就很瘦的老師，一陣子不見又瘦了一大圈，穿著平常的西裝外套，打著繩狀領帶，襯衫領口鬆得可以放進兩根手指。似乎正在家裡休息，因馬締與荒木來才特意換上衣服。荒木用手肘碰了碰馬締的側腹，馬締才回過神來，為突然來訪表示歉意。

老師跟師母道謝後，示意師母先離開，在馬締和荒木對面的沙發上坐下，看著桌上的巧克力泡芙，臉色沉了下來。

「啊，謝謝你們帶來這麼好吃的甜點。」不愧是夫妻，講的話都一樣。「檢查結果是，食道裡有癌細胞。」

老師的話雖然傳進了耳朵，卻到不了大腦。一旁的荒木微微吸了一口氣，馬締不知該如何反應，只知道事態嚴重。

荒木小心翼翼地詢問病況，老師回答現在服用抗癌劑，並到醫院接受放射治療。雖然腫瘤變小了，但因為副作用的關係，幾乎每天都躺在床上。今後要持續觀察，若狀況惡化可能要再次住院。

面對詞彙，馬締和荒木總能應付得又快又好；面對病人，卻完全不知所措。想破頭也說不出恰當的話，又不敢隨口說「一定沒問題的」、「請加油」，只能沉默著。

或許是看穿了馬締和荒木的不安與擔心，松本老師刻意用開朗的聲調詢問《大渡海》的進度。馬締沒提留宿的事，說明作業順利進行著，同時也把裝幀提案帶來了，準備讓老師看看。

「這裝幀和我們打造的船實在太契合了。」

老師把裝幀設計稿攤開放在膝上，愛憐地觸摸著銀色的海浪：「真的好期待！我只要身體恢復就可以去編輯部了，在這之前，有什麼狀況或疑問，都請跟我聯絡。」

「一定，無論哪個環節，都請老師不吝賜教。」馬締這麼說。

《大渡海》可說是老師的命脈。如果顧慮老師正和病魔對抗，而不讓他參與《大渡海》的編纂作業，無異於奪走了老師的生命。

馬締和荒木決定走回車站，於是在黃昏時分離開了松本老師的家，老師和師母一起在門口目送兩人離去。轉彎前回頭一看，老師還站在門口，瘦弱的身影輕輕地揮著手。

三個巧克力閃電泡芙原封不動地留在客廳茶几上。

馬締被五校的進度追趕著，全副心思都在校對作業上。

趕不上了！不祥的預感在馬締心頭浮現：要是老師發生什麼事，就看不到《大渡海》的完成。雖然知道這念頭太不吉利太悲觀，但就是怎麼樣也樂觀不起來。馬締和荒木到訪不久後，老師再度住院。年底雖然出了院，和師母一起迎接新年，但新年一過又隨即住院。荒木常常去醫院探視，並將五校遇到的問題帶去，請老師判斷該怎麼處理。

再這樣下去，或許會趕不上預計的發行日，馬締內心焦急萬分。寒假回老家的學生比暑期多，不容易掌握工讀生人數。為了趕上因「血潮事件」而延宕的進度，馬締、荒木、岸邊、佐佐木連新年假期也把工作帶回家做。

到了一月中，工讀生終於全員到齊，總動員進行第五次校正。因為辭典不但頁數多，印量也高，印刷裝訂需要更長時間，校對完的部分要立即送回印刷廠，開始印刷。也就是說，最晚一月底要校完，否則趕不上發行日。

馬締接連好幾天都忙到深夜，香具矢結束店裡的工作後，回到家常會遇見剛下班的馬締，兩人便一起在早雲莊的起居室裡吃著香具矢做的宵夜。平時，晚餐由馬締負責，一個人用完餐後，把香具矢的那一份用保鮮膜包好放在冰箱裡；香具矢回家吃完後，清洗盤子順便為馬締做隔天早餐。這是作息不一致的兩人，互相配合的生活方式。

很少能一起坐下來吃晚餐，馬締心裡很高興，但話並沒有因而變多，因為太疲倦，又擔心松本老師的病情。香具矢知道馬締的狀況，刻意準備了鰻魚茶泡飯和蒜味骰子牛排替馬締補充營養和體力。香具矢店裡的工作已經夠勞累了——每想到此，馬締就忍不住內疚，只能以感恩的心把飯菜吃光，回報香具矢的體貼。

因為半夜吃鰻魚和牛肉，小腹周圍好像增加了一圈。再這麼下去，至今無緣的中年肥胖也會上身吧！在香具矢愛心晚餐的鼓勵下，馬締堅定決心，加緊腳步完成《大渡海》。

馬締忙得無法離開編輯部的日子裡，香具矢抽空探望了松本老師。畢竟從梅之實時代起，老師就很喜歡香具矢的料理，也常光顧店裡，不可能不擔心的，於是特地做了老師喜歡的菜色送到醫院，幫老師打打氣。但問她「老師是否吃了料理」、「身體狀況如何」，香具矢卻答不上來。

「老師總是滿臉抱歉地說：『是我連累了馬締……』」

「不，您對他的提拔，我很感激。他要我轉達：『《大渡海》進行得很順利，請您安心養病。』」

這樣的對話一次次地重複。在灰色雲層低垂的嚴冬裡，《大渡海》的編纂作業到了最後一刻依然緩步前進。老師的病情沒有明顯好轉，一月就這麼溜走了。

不論怎麼緩慢，只要前進，總有一天能見到陽光。一如唐朝玄奘到遙遠的天竺取經、順利把帶回的經典譯成中文的偉業；一如禪海和尚每天挖一點岩石，歷時三十年終於挖通的隧道。辭典也一樣，不只是把詞彙集結成冊，更透過歷經長久歲月仍不屈不撓的精神帶給人們真正的希望，說是眾人智慧的結晶也不為過。

印刷機的轉輪終於啟動，開始印刷《大渡海》的內頁。和荒木、岸邊一起初次來到印刷廠現場的馬締，雙手小心翼翼地捧起剛印好的紙張。

這是尚未裁切的一大張薄紙。頁碼的順序和上下左右的閱讀方向零零落落地排列著，但一面十六頁，正反兩面共三十二頁的內容，已經確確實實地印刷完成了。

把這一大張紙對摺四次，就變成十六張內頁，頁碼順序和閱讀方向也一致了。留下裝訂用的書脊那一側，將其他三邊裁切整齊後，就是所謂的「一台」。換句話說，三十二頁為一台。《大渡海》有二千九百多頁，也就是九十幾台，要把這九十幾台全部集結起來才是一本，才能進行裝訂。

裁切之前的大紙，留有微微的熱氣。雖然明知是印刷機的熱度造成，但馬締相信裡面一定隱含了荒木、松本老師、岸邊、佐佐木及自己對《大渡海》的熾熱情感。此外，協助過《大渡海》的眾多學者、工讀生、製紙公司和印刷廠相關人員的心力，也一起濃縮在裡面。

眼前柔和淡黃的紙張上，清楚浮現宛如夏夜的深色文字。細看正好是【明】，馬締刻意眨了眨眼，因為眼框泛出的淚水讓視線變得模糊。

「明」這個字，不只指光亮或燈火，還有「證明」的意思。玄武書房辭典編輯部花費十五年和詞彙纏鬥，絕沒有一絲白費，終於具體成形的《大渡海》，是大家努力的證明。

「真的好美啊！」

岸邊像看著寶石般望著紙，用手帕按著眼窩。旁邊站著曙光製紙的宮本，感慨萬千地點著頭。荒木則是小心翼翼、用微微顫抖的指尖觸摸著。

「馬締，」確定這不是作夢後，荒木說：「馬上拿給……」

「是，馬上送去給松本老師看。」

編輯部還在進行「や行」之後的五校。將工作交給岸邊後，馬締拿著捲成筒狀的紙，和荒木一起前往位於築地的醫院。

松本老師吊著點滴，鼻子插著輔助呼吸的管子，靠坐在床上，就著枕頭在寫什麼，似乎是用例採集卡。發現馬締兩人進來時，立刻露出笑容，將鉛筆放在枕頭旁的桌子上。

「唉呀，看看是誰來了。馬締，好久不見啊！」

師母正巧回家的樣子，在老師沙啞聲音的催促下，馬締和荒木兩人坐在床邊的折疊椅上。

和去年在老師家相見時相比，老師沒有變胖也沒有變瘦，氣色和心情似乎好了些。馬締謹慎地詢問老師的身體狀況，老師刻意表現出開朗的樣子。

又被荒木的手肘輕碰側腹，馬締才突然回神。不能待太久，老師要休息。

「其實，我們有東西想給老師看。」

馬締把紙攤開，放在老師的膝上。

「喔……」

松本老師發出嗚咽聲。不，應該是用盡全身力氣，從心底發出的喜悅之聲。

「終於、終於要印製《大渡海》了……」

老師細細的手指疼惜地撫摸著頁面上的每個字。是的，終於能印出來，呈現在大家面前了。馬締說完後很想緊握老師的手，又覺得不得體，所以沒有行動。

「老師，《大渡海》預定三月發行，」荒木沉穩地說：「樣書一印好，我們馬上送過來。不，到時候請您和編輯部同仁一起慶祝吧！」

「好期待啊！」松本老師抬起頭，像抓到美麗蝴蝶的少年，微笑著說：「荒木、馬締，真的很謝謝你們。」

松本老師等不到《大渡海》完成，在二月中過世了。

接到荒木從醫院打來的電話，馬締錯愕地一句話也說不出話，默默打開編輯部的置物櫃，確認黑領帶是否在裡面，又覺得只顧著找黑領帶的自己很怪。情緒和行動連不上，完全不能控制。

玄武書房辭典編輯部的成員們，協助師母處理守夜祈福和告別式等後事。馬締這時候才終於知道，松本老師享壽七十八歲。還不到退休年齡就辭掉了大學教授的職務，全心投入辭典的編纂。沒有收弟子，也和學校的派系保持距離，只將一生奉獻給辭典。

松本老師還在大學任教時，就已經和荒木一起編辭典了。荒木是松本老師的好夥伴，近半世紀的時間裡，以編輯身分協助老師、鼓勵老師，合力完成了好幾本辭典。這樣的荒木沒有流淚，反而招呼著前來上香的賓客。儘管舉止和平常一樣穩重，臉頰卻因悲慟而削瘦，失去血色。

喪禮結束後，馬締在黃昏時回到早雲莊，很不情願地在玄關灑鹽淨身。如果老師真的跟來了，希望能一直保佑我們。

早一步到家的香具矢已經換下喪服，一身便服等著馬締。因為擔心馬締，香具矢延後了開店時間。兩人默默地朝二樓起居室走去，香具矢泡了焙茶，和馬締不發一語地喝著。

「我……來不及……」

馬締喃喃自語，沒有讓松本老師看到《大渡海》。如果在辭典編輯部的不是我，如果是其他編輯，《大渡海》一定能早一點完成。是我沒用，不能讓老師在離開人世前看到等待多年的成果。

馬締發現自己正在啜泣，在香具矢面前掉眼淚實在太沒用了。雖然這麼想，卻克制不住淚水與野獸般的嗚咽聲在瞬間潰堤。香具矢在馬締身邊坐下，什麼也沒說，只是溫柔地輕撫馬締顫抖的肩膀。

《大渡海》的慶祝酒會在九段下的老牌飯店宴會廳舉行，那是櫻花正含苞待放、三月下旬的前夕。

辭典的執筆學者、製紙公司及印刷廠的相關人員都在受邀之列，出席人數上百。玄武書房社長上台致辭，為熱鬧華麗的宴會拉開序幕。

會場內側設置了及腰的桌子，放著《大渡海》和松本老師的遺照，裝飾著鮮花，還供上二合日本酒和酒杯，宛如祭壇。來到會場的師母凝視著老師和辭典，久久無法移開視線。

可惜沒辦法招待工讀生，馬締這麼想，一邊在會場內向每位出席者致意。超過五十名學生如果來到會場，肯定會像蝗蟲過境稻田，把所有料理立即掃光吧！玄武書房的經費沒有這麼充足，還是另外在居酒屋慰勞學生好了。

今晚也邀請了主要書店和大學圖書館的相關人員，兩週前發行的《大渡海》好評如潮。書店的銷售比預期好，這場宴會是追加訂單的好機會，玄武書房業務部的每個人都卯足了勁。特販部和宣傳廣告部的人也忙著替來賓斟酒、寒暄，接待相關人士。

「馬締！」

聽到叫喚聲回過頭，看到西岡正離開談話的人群，朝馬締走過來。服貼的西裝前胸口袋露出紅色手帕，還真是盛裝打扮。衣著和平常一樣的馬締，不由自主地盯著口袋裡引人注目的手帕。

「《大渡海》的最後一頁，有我的名字呢！」西岡感激地說。

「是的。」

「是馬締的意思吧？」

「松本老師住院後，由我代筆。事先當然和老師商量過，老師也同意。」

西岡曾是辭典編輯部的員工，也為《大渡海》盡了許多力，當然應該把名字放上去。不知道西岡為什麼感激的馬締，歪著頭說：

「不會是我把你的名字寫錯了吧？」

「不是啦，是……我其實沒做什麼……」

西岡輕拍馬締的背，再度回到人群中。他剛剛似乎小聲地說了「謝謝」，但也可能是馬締聽錯了。西岡已經眼尖地發現廣告代理商的人，正油嘴滑舌地和對方打招呼：「多謝多謝，荻原先生，這次真感謝您的幫忙啊！」荻原先生笑得很開心，看來西岡還挺有兩把刷子的。

打了一輪招呼後，馬締走到祭壇前，師母正憐惜地翻著《大渡海》。

「松本第一次住院時，似乎心裡就有數了。」站在馬締旁邊，師母平靜地說：「當然，他不是輕言放棄的人，到最後一刻都還掛念著《大渡海》。」

「無法讓老師看到《大渡海》，是我不好。」馬締深深鞠躬。

師母搖搖頭：「別這麼說，松本很開心，我也是。因為他花費一生心血的《大渡海》，終於出版了。」

師母把《大渡海》輕輕放回松本老師的遺照旁，點頭示意。目送師母離開祭壇後，馬締對著遺照默默合掌。

「辛苦了！」

以為是老師的聲音而訝異地抬起頭，不知何時荒木來到了身邊。

荒木也變老了啊！這也難怪，為了編一本辭典，轉眼就過了十五個年頭。

「你似乎很沮喪。前幾天我去月之裏，香具矢很擔心你。」

「很對不起松本老師，我能力不足。」

雖然羞於啟齒，馬締還是吐露了心情。

「我猜到了你的想法，帶了好東西給你。」荒木從西裝口袋裡掏出白色信封，說：

「是松本老師留給我的信。」

馬締目不轉睛地盯著信，接下信封，拿出信紙。

看慣了用例採集卡上老師的筆跡，意外發現信上的字特別有力。

在最後關頭，我無法盡到審訂者的責任，謹向辭典編輯部的各位致歉。《大渡海》問世時，我應該已經不在人世了吧！但是，我沒有不安，也從不後悔。因為我已經可以想像《大渡海》被眾人當成寶物，橫渡文字大海的模樣。

荒木，有件事我要更正。我曾說過「今生再也找不到跟你一樣優秀的編輯」，我錯了，多虧你找來馬締，讓我能夠再度在編辭典之路上前進。

能遇到你和馬締這樣的編輯，我真的很感激。因為有你們，我的人生過得十分充實。有沒有什麼詞彙比「感謝」更能表達我的心意呢？如果在另一個世界有這樣的詞，我在那裡也會製作用例採集卡的。

編纂《大渡海》的每一天，我都過得很快樂。在此祈求大家的《大渡海》能永遠幸福地航行下去。

馬締細心地把信紙摺好，放回信封裡。

看著松本老師的遺照、印著老師名字的《大渡海》及會場每一個人的面孔。

詞彙有時如此無力，不論荒木或師母怎麼呼喊，也留不住老師的生命。

但是，馬締這麼想，我們並沒有完全失去老師。正因為有詞彙，最重要的東西將一直留在心底。

即使生命結束，肉體化成灰。對老師的回憶仍將超越肉體的死亡，印證著老師的靈魂永遠長存。

老師的模樣，老師的言行舉止，為了將這一段又一段大家交談、分享的往事傳達給後人，詞彙是不可或缺的。

馬締突然想像，自己的掌心握著那隻不曾碰觸過的手。和老師見面的最後一天，在醫院裡沒能握住的，又瘦又冷但應該光滑的手。

為了與死去的人相繫、與尚未來到人世的人相繫，人們創造了詞彙。

岸邊和宮本正吃著蛋糕，明明慶功宴前才宣告既然是編輯部的一員，就要貫徹招待的任務、絕對不吃東西……這會兒卻開心地和宮本分享著彼此手上的蛋糕。佐佐木靠在牆邊喝著白酒，西岡依然長袖善舞地和會場內的人交際著。

每個人都打從心裡為《大渡海》的完成而高興。

我們編出了一艘辭典之船，載著古往今來想傳遞心意的靈魂，航行在豐饒的文字大海上。

「馬締，明天要開始進行《大渡海》的修訂作業囉！」

荒木說著，邊催促著馬締往會場中央走去，臉上閃現百感交集的表情。也可能是馬締的錯覺。

人還在慶祝的晚宴上，心已經開始思考《大渡海》的未來了，不愧是荒木，簡直是松本老師的靈魂伴侶。

辭典編輯沒有結束的一天。乘著希望之舟在文字大海上的航行，永遠不會結束。

馬締笑著點頭：

「趁今晚多喝一點吧！」

留意著杯裡的酒泡不讓它溢出，小心地往荒木的酒杯倒著啤酒。

謝辭

撰寫本書時，獲得許多相關人士的幫助，謹此列出，致上萬分謝意。文中若不慎有不符事實或未盡周全之處，懇請指正。

岩波書店辭典編輯部
小學館國語辭典編輯
王子特殊紙株式會社
平木靖成、森脇由里子
佐藤宏、松中健一、香川佳子、楠元順子、小林尚代
相馬太郎、楠澤哲
雲田晴子、大久保伸子
加藤徹、伊藤博夫、高橋秀夫
鈴木浩、光英麻季、大川薰、藤野哲雄

引用、主要參考文獻

《廣辭苑》（岩波書店）

《岩波國語辭典》（岩波書店）

《日本國語大辭典》（小學館）

《大辭林》、《新明解國語辭典》（三省堂）

《大言海》（富山房）

《辭典與日本語：解剖國語辭典》（倉島節尚著・光文社新書）

《國語辭典是這樣編成的 如何做出理想的辭典》（松井榮一著・港之人）

《解讀背後及深層意義的國語辭典》（石山茂利夫著・草思社）

《明解物語》（柴田武審訂／武藤康史編著・三省堂）

《邂逅日語50萬字：辭典製作的三代軌跡》（松井榮一著・小學館）

《日語與辭典》（山田俊雄著・中公新書）

《圖說日本辭典》（沖森卓也編著・櫻楓社）

馬締的情書

全文公開

敬啟

寒風拂來，冬日將近，值此今時，敬祝安康順心。

有事想向您坦露，是而寫下此信。吾心緒翻湧如潮，異於尋常，可以確信斷不會退去。突來的內容或令您心驚，但請務必讀到最後。

吾迄今久埋首於書本之間。所謂親近友人，於我只存在於文字，從不存於現實。私以為適性悠然，並無不妥。

雪擁山堂樹影深，[1]
檐鈴不動夜沉沉。
閑收亂帙思疑義，
一穗青燈萬古心。

過往的日子正如此詩。

時至今日，幡然明白——

西岡：來吧，我們來偷看馬締的情書。

岸邊：好緊張，但開頭囉哩囉唆，讀不進去耶……

西岡：哇，突然就來首漢詩[1]耶。

岸邊：我有松本老師的注釋筆記。上面說，這是江戶時期儒學家菅茶山的七言絕句〈冬夜讀書〉。「雪積落主屋，樹影一片黑。簷下鈴鐺悄無聲，寂靜夜漸深。收拾散亂的書冊，尋思不解處。房裡青燈搖曳，照見古人心。」

眼識東西字，[2]
心抱古今憂。

吾僅遊戲於書本之間，對古聖先賢文字背後的真實心境與苦悶毫無所知。興許是對此等之我心生厭倦，就連視為唯一友人的書籍也不再向我說話了。

擁萬卷書，卻孤子一人。此乃吾敗給恐無法表明心跡的恐懼、得過且過，乃至未付諸行動所應得的報應。

長此以往，吾將終生不得與特定對象傾訴心事，無法親密觸碰彼此，遑論了解對方的想法、傳達自己的心意。畢竟，書本帶給人的喜悅吾並無法真正體會。雖後知後覺，吾今對自身現況已有如此體認，且心底有一激昂聲音，不甘如是。

想鼓起勇氣一搏。

人間固無事，[3]

西岡：好像說了很帥的話。下一句[2]也是漢詩嗎？

岸邊：我看看喔，是夏目漱石漢詩的其中一句。「眼睛辨讀東西文字，心中懷抱古今憂患。」

西岡：才反省因「恐無法表明心跡」而怯步，又接二連三引用漢詩，真像馬締會做的事啊。

岸邊：起碼也附個日文讀音嘛。

西岡：才這樣說，又來一句漢詩[3]！

岸邊：這是剛剛那句漱石

白雲自悠悠。

能否達此境界，端看吾今後的努力，以及您[4]的答覆。您若回我以真心，吾將誓言畢生致志，竭盡全力誠實面對他人的心、自己的心，最重要的是您的心。

知道您的存在後，我心宛如從此世界獲得新生。迄今之吾與死無異。即使以雙眼追讀文字，也不解其真意。縱有呼吸，也像未曾活過。

宛如自月宮降臨凡間，美得讓人不敢直視的輝夜公主，吾自見汝初日，猶如身置月球，只覺胸口壓迫、呼吸困難。然，吾今可謂真實地活著！如此不可思議。您是賜予我生命的恩人。

若有吟詠和歌的才能，吾當在此為您獻上一首。無奈平庸如我，只能舉頭瞻仰月之清麗，無盡嘆息。且借古人名歌一首，聊表我心。

漢詩的結尾。

「人心煩悶無濟於事，白雲朵朵自在飄浮。」

西岡：真是這樣的詩嗎?!

岸邊：不好意思，剛剛是我自己的解釋。大概就是「不急不躁，安步當車地前進」的意思吧。

西岡：一切看香具矢怎麼回應[4]——馬締這小子其實是在威脅人家吧？

岸邊：結果皆大歡喜就好啦。我想香具矢小姐在漢詩的連番攻擊下，沒讀懂這封信的意思，也就沒察覺被威脅。

天海雲浪月舟見，隱現星林中。[5]

不覺得此首和歌正是為您而吟嗎？

吾甚愛此歌。其美麗壯闊，令人心中泰然。然此同時，又能感受對不可觸及之物的憧憬之情，及對己身渺小之透徹洞察，讀來分外淒寂。昔人也如我等，懷抱寂寞而活嗎？和歌誘發了吾之此想。以寂寞見，此歌與宇宙相連的同時，亦超越時空、共結一心，力與美盎然。

如您所知，吾從事辭典編纂一職。這辭典預計取名為《大渡海》。

（中略）[6]

書籍編纂之途如斯，道阻且險，令人灰心喪志的事尤多。緊切再加一筆，此信並非想向您請求任何協助，或冀盼您捨身於我。那等事，吾分毫不敢妄想。若論唯一祈

西岡：根本失去寫情書的意義啦……

岸邊：接著是《萬葉集》，柿本人麻呂的和歌[5]。

西岡：這不用翻譯也大概懂。好像科幻電影的情節喔。不著痕跡歌詠香具矢的名字，讓人拳頭都硬了。

岸邊：真的，馬締先生正面擊球，想一決勝負了！

西岡：喂，「（中略）」是什麼啊！[6]不是說了情書「全文」公開嗎？

岸邊：哎唷，真的太長了嘛，略過談編辭典的熱情，不知道為什麼馬締先

求，便是能在您的目光中，邁出自己的路。若蒙您應允，吾願在暗中[7]默默守候走上料理之凶險未知路途的您。

春蠶到死絲方盡，[8]
蠟炬成灰淚始乾。

無論辭典編纂或料理精進，都無有盡頭。吾之心意亦如是。吾乃吐絲至命終之蠶，是在融化滴落的蠟油中再次為您自燃的火苗。敬請安心。吾之思慕乃永動機（編註：perpetual machine，指不需外界輸入能源、能量或在僅有一個熱源的條件下便能夠不斷運作的機械。），專利申請中[9]！

您可能會說，即便如此也需要燃料吧？請大可放心。因其為永動機無需燃料，烈火便能熊熊燃燒。置之不理，也保證吐絲無盡，直至蠶繭巨大超過東京巨蛋。不僅內心層面，說到物質層面，吾自認是耐得粗茶淡飯之人。珍饈美饌，固然令人欣喜，就算持續一週三餐都吃渣晃一番，

生還寫了像履歷表一般的內容，要看嗎？

西岡：既然「中略」，就省了吧。話說，他講出有點可怕的話[7]耶。

岸邊：有點跟蹤狂或背後靈的感覺。接下來的漢詩取自李商隱的七言律詩其中兩句[8]。「春蠶死後才吐盡體內的絲，蠟燭燒完才流乾眼裡的淚。」

西岡：真是壯烈……馬締，冷靜啊[9]！

岸邊：下一句也是李商隱的漢詩[10]，是「春蠶」那

吾胃與舌也絕無怨懟。吾將時時自惕，不造成您的負擔。

抱歉，方才我有若干裝腔作勢，佯裝自己一無所求。其實不然。您的氣息，令我夜夜輾轉反側，不能成眠。

啊，同住一屋簷下竟甘美若此，又痛苦若此……

相見時難別亦難。[10]

這詩句很寫實，您與吾作息相異，實難碰上一面。偶爾您上晚班，晨間得閒時，吾便幾乎要患上蹺班症。然而就連這樣的心情，吾也不曾言說，只是說服自己：「辭典還在等我。」便哭喪著臉走出玄關。那樣的日子，理不清的思緒總如麻紊亂，五十音順序「a、ka、sa、ta、na、ha、ma、ya、ra、wa」都錯亂成「a、ka、sa、ta、na、ha、ri、ma、o、ya」[11]。一想到《大渡海》的五十音編目順序正確與否[12]，便惶惶終日，難以定靜。

若容我坦承心境，只能說：「香具矢兮香具矢兮奈若

首的開頭。

「相見雖然困難，離別更難。」

這詩裡寫的是已經交往的關係吧？

西岡：就不要拆穿他了。

話說回來，這個開頭怎麼會連到蠶和蠟燭啊？

岸邊：漢詩真是活潑多變。啊，馬締先生又講奇怪的話了。[11]

西岡：還真的是……[12]

岸邊：西岡先生，撐著往下看啊。這是最後一首漢詩了[13]。這也出自李商隱，是一首叫〈嫦娥〉的

何！」又或：

嫦娥應悔偷靈藥，
碧海青天夜夜心。[13]

嫦娥乃喝下靈藥飛向月世界、如輝夜公主般的女子。這首漢詩，一說是作者將棄自己而去的女子喻為嫦娥，吟詠心中悔恨與思慕之情。吾深有同感。這首詩，正是吾之心情寫照。

若不喝下那禁忌的靈藥，便不會夜夜思念，心中時時浮現那人的容顏了……

吾心切切，思慕不止，望穿秋水就是此等感覺吧。彷彿要被灼傷般地渴求著，追求那抹光輝，那道美麗光芒。今時之前，我從未發覺自己置身於黑暗之中。

我言盡於此。不，其實還有更多話想說，但即使我有一百五十年的壽命也不夠，把熱帶雨林全砍下來做成紙張

七言絕句。馬締很喜歡李商隱的詩吧。

「嫦娥想必後悔偷喝了靈藥。孤身一人從月的世界，夜夜俯瞰蕭瑟湛藍的海面。」

西岡：現在重讀，就覺得馬締示愛都是丟直球耶。

岸邊：是嗎？有夠難懂。看來文筆太好也不是好事，簡直像老頭子寫的。

西岡：噢，可憐啊，馬締！

岸邊：反正最後跟香具矢小姐有好結果，不就好了嗎？

也不夠，所以還是就此擱筆。

讀完後，希望有幸一聽香具矢小姐的想法。不論是什麼答案，我已有覺悟，結果如何，皆將默然接受。

善自珍重

二〇××年十一月

致　林香具矢小姐

馬締光也上

西岡：也是啦。噢，馬締真是討人厭啊！好了，解散！

文學森林 LF0033C

編舟記

舟を編む

作者

三浦紫苑

一九七六年出生於東京。二〇〇〇年以長篇小說《女大生求職奮戰記》踏入文壇。二〇〇六年，以《真幌站前多田便利屋》榮獲第一百三十五屆直木獎，改編成電影、電視劇。二〇〇七年以《強風吹拂》入圍本屋大賞，三年後再以《哪啊哪啊神去村》入圍「本屋大賞」。四度入圍本屋大賞，終於在二〇一二年以《編舟記》獲日本全國書店店員全數支持，拿下第一名，以及紀伊國屋KINO BEST票選年度書籍第一名。二〇一五年《住那個家的四個女人》榮獲織田作之助獎。二〇一八年《小野小花通信（暫名）》榮獲島清戀愛文學獎與河合隼雄物語獎。二〇一九年再以《沒有愛的世界》入圍本屋大賞，並獲頒日本植物學會特別獎。

其他創作尚有小說：《月魚》、《祕密的花園》、《我所說的他》、《昔年往事》、《木暮莊物語》、《政與源》等。散文隨筆數本：《我在書店等你》、《嗯嗯，這就是工作的醍醐味啊！》、《腐興趣～不只是興趣！》、《寫小說，不用太規矩》。

譯者

黃碧君

從事書籍翻譯及口譯。現定居日本，「太台本屋」負責人，在日本推廣台書日譯並任版權代理。成功售出的日文版權有吳明益《苦雨之地》、陳柔縉《一個木匠和他的台灣博覽會》、辛永勝&楊朝景《老屋顏》系列三部作、林小杯《喀噠喀噠喀噠》、焦桐《味道福爾摩沙》、紀蔚然《私家偵探》等多數。

譯作有三浦紫苑《編舟記》、川本三郎《遇見老東京》、小川洋子《總之，去散步吧》、柴崎友香《春之庭院》、乃南亞沙《六月之雪》等。

（初版書名為：《啟航吧！編舟計畫》）

封面設計　陳恩安
責任編輯　陳柏昌
編輯協力　王琦柔
行銷企劃　楊若榆、黃蕾玲
版權負責　陳柏昌
副總編輯　梁心愉

初版一刷　二〇一三年七月一日
二版一刷　二〇二二年七月三十一日
定價　新臺幣三六〇元

ThinKingDom 新経典文化

發行人　葉美瑤
出版　新經典圖文傳播有限公司
地址　10045臺北市中正區重慶南路一段五七號十一樓之四
電話　886-2-2331-1830　傳真　886-2-2331-1831
讀者服務信箱　thinkingdomtw@gmail.com
臉書專頁　http://www.facebook.com/thinkingdom/

總經銷　高寶書版集團
地址　11493臺北市內湖區洲子街八八號三樓
電話　886-2-2799-2788　傳真　886-2-2799-0909
海外總經銷　時報文化出版企業股份有限公司
地址　桃園市龜山區萬壽路二段三五一號
電話　886-2-2306-6842　傳真　886-2-2304-9301

編舟記 / 三浦紫苑著 ; 黃碧君譯. -- 二版. -- 臺北市 : 新經典圖文傳播有限公司, 2022.07
294面 ; 14.8×21公分. -- (文學森林 ; YY0133C)
譯自 : 舟を編む
ISBN 978-626-7061-32-9(平裝)

861.57　　111010746